无奋斗 不青春

面对安逸 选择逆行

启 文 编著

花山文艺出版社
河北·石家庄

图书在版编目（CIP）数据

面对安逸　选择逆行 / 启文编著 . -- 石家庄 : 花
山文艺出版社 , 2020.5
（无奋斗　不青春 / 张采鑫 , 陈启文主编）
ISBN 978-7-5511-5142-9

Ⅰ . ①面… Ⅱ . ①启… Ⅲ . ①散文集–中国–当代
Ⅳ . ① I267

中国版本图书馆 CIP 数据核字（2020）第 066402 号

书　　名：**无奋斗　不青春**
　　　　　WU FENDOU　BU QINGCHUN
主　　编：张采鑫　陈启文
分 册 名：面对安逸　选择逆行
　　　　　MIANDUI ANYI　XUANZE NIXING
编　　著：启　文

责任编辑：董　舸
责任校对：郝卫国
封面设计：青蓝工作室
美术编辑：胡彤亮
出版发行：花山文艺出版社（邮政编码：050061）
　　　　　（河北省石家庄市友谊北大街 330 号）
销售热线：0311-88643221/29/31/32/26
传　　真：0311-88643225
印　　刷：北京朝阳新艺印刷有限公司
经　　销：新华书店
开　　本：850 毫米 ×1168 毫米　1/32
印　　张：30
字　　数：660 千字
版　　次：2020 年 5 月第 1 版
　　　　　2020 年 5 月第 1 次印刷
书　　号：ISBN 978-7-5511-5142-9
定　　价：178.80 元（全 6 册）

前　言

"当你不去尝试，不去冒险，不去拼一份事业，不过没试过的生活，整天刷着微博，逛着淘宝，玩着网游，干着我80岁都能做的事，你要青春干吗？"当你听到马云曾经说的这句话时，是否唤醒了尘封已久的进取心呢？

在谈到努力、奋斗的话题时，不免会想到一个有趣的故事：

故事的主人公叫A君。他小的时候，妈妈叫他去买红糖，他买回来白糖。妈妈骂他，他摇摇头说："白糖和红糖没什么区别。"

他最讨厌改变，讨厌发表不同意见的人，他的惰性使他不愿参与任何事，更何况是努力拼搏，实现理想了。

乃至后来，A君快要死的时候，家里人问他有什么遗愿，他断断续续地说道："下辈子想安逸平静，只是吃饭和睡觉……烦恼还少一点儿……"说完了这句话，他就撒手人寰了。

许多人听过这个故事，只会摇头叹息，但是，生活中这样的人有很多。如果你现在觉得自己很幸运，很安逸，请你务必珍惜。但是，你一定不要因此失去了自己的斗志。如果你现在觉得自己很不幸，也请你一定不要抱怨，这说明你需要比常人付出更多，始终不要失去自己的信心与斗志。

古人云，天将降大任于斯人也，必先苦其心志，劳其筋骨，饿其体肤，空乏其身，行拂乱其所为，所以动心忍性，曾益其所不能。

在追梦的路上，如果有一天你想要放弃，请你一定要想一想那些比你睡得晚、比你起得早、跑得比你卖力、比你还聪明的人。他们走出了黑暗，已经看到了黑暗之后的黎明，而你呢？仍在嫌弃、抱怨"太累了，我没法再坚持了，要不等一下吧，等有了状态再说吧……"当你再说这些话的时候，就不要再去想自己为什么如此平庸了。

当你真正感觉到自己很累的时候，说明你在进步，请你继续保持；如果有一天你说好轻松啊，是时候反省一下自己了，因为你在走下坡路。下坡容易上坡难。人生之路没有哪一条是一帆风顺的。在该奋斗的年纪，面对安逸，你要选择逆行。只要你有一颗永远向上的心，你终会体验到自己的巅峰人生。

目 录

第一章
英雄莫问出处，路都是人走出来的

有一句意大利谚语是这样说的："即使水果成熟前，味道也是苦的。"不经过霜打的柿子，不会变得绵软可口。

人生的价值，就在于看准一件有意义的事，尽其心力干去，干一天就不辜负一天的生命。艰难困苦，玉汝于成。人生的风雨是立世的训谕，生活的苦难是人生的老师。

一个人的事业能做多大、多好、多精，首先要看他面对人生之路的态度，再次要看他的行动。在当今社会里，每个人都在想尽一切办法解决生活中的问题，而最终的成功只属于敢闯敢干，而且方法得当的人。

方法总比问题多

　　"田忌赛马"的典故相信读者都听说过。齐国将军田忌与齐王赛马，并没有多少胜算。但田忌经过谋士孙膑点拨，就轻松从齐王那里赢了千金赌注。孙膑的计谋说起来很简单，却非常有效：用下等马对付齐王的上等马，拿上等马对付齐王的中等马，而中等马则用来对付齐王的下等马。三场比赛，每场赌注为千金。田忌输一场赢两场，千金稳落袋中。

　　明明是一场没有胜算的赌赛，只是因为开动脑筋，就拥有了化腐朽为神奇的结果。思路，决定了一个人的出路。人生在世，不如意的事情总是难免。落榜了、失业了、破产了、生病了、失恋了、离婚了……人有时会因此而陷入绝望。身处似乎找不到出路的境地，但只要你善于转换思路，定是"山重水复疑无路，柳暗花明又一村"！

　　麦克是一家大公司的高级主管，他面临一个两难的境地，一方面，他非常喜欢自己的工作，以及随之而来的丰厚薪水——他的位置使他的薪水只增不减。但是，另一方面，他非常讨厌他的上司，经过多年的忍受，最近他发觉自己已经到了忍无可忍的地步。在经过慎重思考之后，他决定去猎头公司重新谋一个别的公司高级主管的职位。猎头公司告诉他，以他的条件，再找一个类似的职位并不费劲。

回到家中，麦克把这一切告诉了他的妻子。他的妻子是一名教师，那天刚刚教学生如何重新界定问题，也就是把你正在面对的问题换一个角度考虑。把正在面对的问题完全颠倒过来看——不仅要和你以往看这问题的角度不同，也要和其他人看这问题的角度不同。她把上课的内容讲给麦克听，这给了麦克很大启发，一个大胆的创意在他脑中浮现。

第二天，他又来到猎头公司，这次他是请猎头公司替他的上司找工作。不久，他的上司接到了猎头公司打来的电话，请他去其他公司高就。尽管他完全不知道这是他的下属和猎头公司共同努力的结果，但正好这位上司对于自己现在的工作也厌倦了，所以没有考虑多久，就欣然接受了这份新工作。

这件事最皆大欢喜的地方，就在于上司接受了新的工作，他目前的职位空出来了。麦克申请了这个职位，于是他就坐上了以前他上司的职位。

在这个故事中，麦克本意是想替自己找个新工作，以躲开令自己讨厌的上司。但他的太太教他换个角度想问题，就是替他的上司而不是他自己找一份新的工作，结果，他不仅仍然干着自己喜欢的工作，而且摆脱了令自己烦心的上司，并得到了意外的升迁。

拿破仑·希尔说过：世界上所有的计划、目标和成就，都是经过思考后的产物。你的思考能力，是你唯一能完全控制的，你可以用智慧或愚蠢的方式去思考，但无论你如何运用它，它都会显示出一定的力量。

在很多年前的一次欧洲篮球锦标赛上，保加利亚队与捷克斯洛伐克队相遇。当比赛只剩下 8 秒钟时,保加利亚队以 2 分优势领先,且拥有发球权,这场比赛对保加利亚队来说已稳操胜券,但是,那次锦标赛采用的是循环制,保加利亚队必须赢 6 分的净胜球才能出线,进入下一轮比赛。可要用仅剩下的 8 秒钟再赢 4 分绝非易事。怎么办?

这时,保加利亚队的教练突然请求暂停。当时许多人认为保加利亚队被淘汰是不可避免的,该队教练即使有回天之力,也很难力挽狂澜。然而等到暂停结束,比赛继续进行时,球场上出现了一件令众人意想不到的事情:只见保加利亚队拿球的队员突然运球向自己篮下跑去,并迅速起跳投篮,球应声入网。这时,全场观众目瞪口呆,比赛结束的时间到了。当裁判员宣布双方打成平局需要加时赛时,大家才恍然大悟:保加利亚队这一出人意料之举,为自己创造了一次起死回生的机会。加时赛的结果是保加利亚队赢了 6 分,如愿以偿地出线了。如果保加利亚队坚持以常规方式打完全场比赛,是绝对无法获得真正的胜利的,而往自家篮中投球这一招,颇有以退为进之妙。

鲁迅先生曾经说:世上本来没有路,走的人多了,也就有了路。鲁迅先生强调的是"路是人走出来的"。只是,当一个人处在绝路时,是无法等到"走的人多了"、有了路再去沿路突围。路在你自己的脚下。如果你看不到,是因为你的思维断路了、短路了。通往彼岸的路不止一条。大路走不通可以走小路,捷径走不了可以迂回绕行。总之,方法总比问题多。

牌好牌坏，要看是谁在打

对于不如意的现状，不少人喜欢用"命运不济"来安慰自己。如果仅仅只是安慰自己还没什么，问题是他们不仅习惯用此安慰自己，还用此来麻痹自己、放任自己的潦倒与沉沦。命运不好不要紧，试看那些建功立业的成功人士，有几个是含着金钥匙出生的？有几个不是靠自己后天的努力而一步步走向巅峰的？

现在说起"李嘉诚"三个字，大家都会露出一脸的羡慕之情。大家看到的是李嘉诚今日的风光，却忽略了他年少时的苦难。李嘉诚在回忆自己十几岁时的生活状态时，曾说："13 岁时，我的父亲得了肺病，我照顾他，后来发现我自己也得了肺病，早上咳血，晚上盗汗，就买来医书，自己看，没有人教我怎么治这种病，我也不告诉任何人，连妈妈都不知道。那时我每天还要安慰父亲，要他有信心，要活下去。父亲去世，我 14 岁就挑起家庭重担，我肯吃苦，17 岁靠我去打工，家里就有了盈余，弟妹们可以念大学，我自己没有机会，只能请家庭教师。当年真的是很苦，一条毛巾又洗脸又洗澡，用上两三年才能换，换的时候旧毛巾握在手里，外面都看不到，毛巾上面只有横竖的纤维，没有毛了。那个时候3 个月才能理一次发，剃光头。但是在那样的情况下我也没有向别人借过一毛钱，直到后来开始做生意时，才向人借了四五万块钱。我觉得吃过苦好啊……"

命运负责洗牌，但玩牌的是我们自己。一手好牌不一定就能赢，一手坏牌也不一定就输了。人生重要的不是所站的位置，而是所朝的方向。如果我们仔细梳理中国当下的成功人士，你会发现：他们中的大多数并不是我们所想象中的命运宠儿。他们现在很风光，未来也很灿烂，但他们曾经也如同你我一般，有过潦倒、痛苦、挣扎、失败、困惑。他们没有显赫的家世，没有名校的文凭。他们一开始，并没有抓到一副好牌。

"谭木匠"的创始人谭传华，他的命运很悲苦，出身农村的他在18岁时被雷管炸掉了右手手掌；20多岁时四处流浪，睡过桥洞，因为衣衫褴褛被人当成小偷抓进了收容所，甚至一度试图以自杀来告别世界。类似抓了"一手坏牌"却打出了水平的人，我们可以列举一串长长的名单：出身贫民窟的"宋兵甲"周星驰、没有读过一天书的"老干妈"陶华碧、踩着烂单车卖水果的张庆杰……

"一个年轻人能够继承的最丰厚的遗产，莫过于他出生于贫贱之家。"这句钢铁大王安德鲁·卡内基的话引人深思。

可以失意，不可以失志

美国历史上赫赫有名的总统林肯，出生于一个贫穷的农民家庭。在他的成长道路上，可谓历经坎坷。有人曾为林肯做过统计，说他一生只成功过3次，但失败过35次，不过第3次成功使他当上了美国总统。事实也的确如此，最终使他得到命运的第三次垂青，或者说争取到第三次成功的，完全是他的坚强。在他竞选参议员落选的时候，他就说过："此路艰辛而泥泞，我一只脚滑了一下，另一只脚因而站不稳。但我缓口气，告诉自己，这不过是滑一跤，并不是死去而爬不起来。"

岁月的惊涛一浪推一浪，不堪重负的生命要接受多少次的失意与磨难？不停地超越苦难，在屡败之后还能屡战的人，是最有可能成功的人。谈到"屡败屡战"这一句话，怎么也绕不过晚清的曾国藩。这个进士出身的文人奉命回湘办团练，团练初具规模后的前几年，他唯一做得成功的一件事就是只打败仗。

从1854年练成水陆师出征，到1860年兵败羊栈岭，曾国藩可谓一败再败，小的败仗不计其数，大的惨败就有四场：1854年湘军初征就在岳州被太平军打得落花流水；1855年在江西鄱阳湖全军覆灭，连自己的指挥船也被抢走；1858年，部将李续宾率部血战三河镇，6000兵勇无一生还，三湘大地处处缟素；1860年，李秀成破羊栈岭，曾国藩在60里外的大营中写好遗书、帐悬佩刀，以求一死，好在李秀成主动退兵。

就像凤凰从烈火中涅槃，这个被满族大臣们讥笑为"屡战屡败"的常败将军曾国藩，最终用他"屡败屡战"的勇气与决绝，打到南京，用行动证明了自己是历史的缔造者。

倘若我们在失意时浑浑噩噩、一蹶不振，只会失意又失志，最后终将失去自己的前程。而如果我们沉下心、挺直腰，像弹簧一样收缩自己的高度但积蓄着能量，只等机会出现就能再次崛起。因为有挫折才会奋起，不要因挫折而折断人生奋进的脊梁。

2008年10月15日，在台湾享有"经营之神"盛誉的"台塑"董事长王永庆离开了人世，享年92周岁。王永庆年轻时先是在米店打工，后来靠经营一家米店起步。他一路走来，经历了很多坎坷与挫折。他曾这样说："人在失意之时，要像瘦鹅一样能忍饥耐饿，锻炼自己的忍耐力，等待机会到来。"在抗战时期，由于粮食不足，王永庆只得让自家的鹅到野外去觅食。一般说来，鹅养了4个月后，就有五六斤重了。可是，当时养的鹅，由于只吃野草，4个月下来仍只有两斤重。等到抗战胜利，粮食危机缓解，瘦鹅有了充足的饲料，居然能在两个月里从两斤重迅速增加到七八斤！究其原因，是因为瘦鹅具有顽强的生命力，不但胃口奇佳，而且消化力极强，所以只要有东西吃，它们立刻就能肥起来。

有一句意大利谚语说："即使水果成熟前，味道也是苦的。"苦涩的感觉是成长与内心挣扎必然的一部分。我们可能常常这样自语："为什么是我呢？我已经够努力了，但命运总是与我作对，这太不公平了。"有谁不会有这种感觉呢？然而，如果你任由自己陷于怨恨与绝望，你就永远无法在人格上成熟起来，成长亦无从发生。痛苦的境遇就像是撒落在自我田野上的肥料一样，可以促进自我的成长，自我田野中的禾苗会因为受到耕耘、施肥而能够更茁壮健康地生长。

我们人的意志并非一开始就发展得很完善。相反地，它是经过日常生活的竞争和挑战之后才日臻完善的，就像一块铁在铁匠的炉火中经过千锤百炼才能成形。面对失意，不能失志。燕子去了，有再来的时候；杨柳枯了，有再绿的时候，桃花谢了，有再开的时候……

埋下头，是为了抬得更高

一个冬天的傍晚，山南的狗熊和山北的兔子在雪地艰难觅食时碰面了。在饥寒交迫中，它们诅咒着残酷现实，并描绘了各自美好的未来。

"再也不能这么过了，"狗熊有气无力地说，"冬天一过，我就要种一亩玉米，到秋天准能收获很多玉米棒子，我把这些玉米棒子挂在山洞里存起来，就不会在来年的冬天再这么狼狈了。"

"再也不能这么过了，"兔子无精打采地说，"冬天一过，我就要种一亩胡萝卜，到秋天准能收获很多胡萝卜，我把这些胡萝卜藏在地窖里存起来，就不会在来年的冬天再这么痛苦了。"

又一个冬天到了，山南的狗熊和山北的兔子再次在雪地重逢。狗熊没提种玉米的事，兔子也没说种胡萝卜的事，它们只是礼节性地打了个招呼，便各自四处觅食。原来，狗熊在春天成天在山上忙着采食鲜美的蜂蜜，种玉米的事儿早就被它抛在脑后；兔子在春天倒是下了胡萝卜的种子，但夏天却懒得在太阳下给胡萝卜苗浇水，结果胡萝卜苗全旱死在田里。

狗熊和兔子都想过如何让自己过冬的办法，但要么没有采取实际的行动，要么没能坚持做下去。它们注定又要遭受一次饥寒交迫的煎熬。

在我们的日常生活中，也有不少"狗熊式"与"兔子式"的人。"狗熊式"的人大嚷大叫地要干什么事，但却总不见行动，到头来只不过是自己欺骗自己；"兔子式"的人做事有始无终，坚持不到最后，令先前的想法与工作毫无意义。

有了好的想法，就要去实践。"万事开头难"，但开头之后坚持下去也特别困难。开始做一件事情，往往靠信心和决心；而事情一旦开始，要有始有终就需要靠耐心和恒心了。有的人做事之初信心满满、斗志昂扬，一段时间后就渐渐觉得厌倦，加上事情并不是一帆风顺，慢慢地就在这样那样的困难或干扰中停下了脚步。结果做事情半途而废，行百步者半九十，说的就是这个道理。

古人云："唯有埋头，才能出头。"种子如不经过在坚硬的泥土中挣扎奋斗的过程，它将只是一粒干瘪的种子，而永远不能发芽长成一株大树。

许多有抱负的人大多忽略了积少成多的道理，一心只想一鸣惊人，而不去做埋头耕耘的工作。等到忽然有一天，他看见比自己开始晚的，比自己天资差的，都已经有了可观的收获，才惊觉到自己在这片园地上还是一无所有。这时他才明白，不是上天没有给过理想或志愿，而是他一心只等待丰收，可是忘了辛勤耕耘。

饭要一口一口吃，事要一件一件做。"九层之台，起于垒土。"一砖一木垒起来的楼房才有基础，一步一个脚印才能走出一条成形的道路。

如果将一个人的追求目标比作一座高楼大厦的顶楼，那么一级一级的阶段性目标就是层层阶梯。这个比喻浅显易懂，但不少人却忽视了这一循序渐进的"阶梯原则"。高尔基在同青年作家的谈话中说："开头就写大部头的长篇小说，是一个非常笨拙的办法。学习写作应该从短篇小说入手，西欧和我国所有最杰出的作家几乎都是这样做的。因为短篇小说用字精练，材料容易安排、情节清楚、主题明确。我曾劝一位有才能的文学家暂时不要写长篇，先学写短篇再说，他却回答说：'不，短篇小说这个形式太困难。'这等于说：制造大炮比制造手枪更简便些。"

高尔基讲的就是循序渐进、一步一个脚印的道理。建造一幢大楼，要从一砖一瓦开始；绳锯木断、水滴石穿就在于点点滴滴的积累。阶段性目标虽然慢，却始终向上攀登，而每个小目标的胜利总给人鼓舞，使人获得锻炼、增长才干。

作家郭泰所著《智囊100》中讲了一个有趣的故事：有个小孩在草地上发现了一个蛹。他捡回家，要看蛹如何羽化成蝴蝶。过了几天，蛹上出现了一道小裂缝，里面的蝴蝶挣扎了好几个小时，身体似乎被什么东西卡住了——一直出不来。小孩子不忍，心想："我必须助它一臂之力。"于是他拿起剪刀把蛹剪开，帮助蝴蝶脱蛹而出。但是蝴蝶的身躯臃肿，翅膀干瘪，根本飞不起来。这只蝴蝶注定要拖着笨拙的身子与不能丰满的翅膀爬行一生，永远无法飞翔了。

这个故事说明，每一个事物的成长都有个瓜熟蒂落、水到渠成的过程。这一过程也就是一步一个脚印的过程。相反，欲速则不达。

远在半个世纪以前，美国洛杉矶郊区有个没有见过世面的孩子，他才15岁，却拟了个题为《一生的志愿》的表格，表上列着："到尼罗河、亚马孙河和刚果河探险，登上珠穆朗玛峰、乞力马扎罗山和麦特荷恩山，驾驭大象、骆驼、鸵鸟和野马，探访马可·波罗和亚历山大一世走过的路，主演一部'人猿泰山'那样的电影，驾驶飞行器起飞降落，读完莎士比亚、柏拉图和亚里士多德的著作，谱一首乐曲，写一本书，游览全世界的每一个国家，结婚生孩子，参观月球……"他把每一项都编了号，一共有127个目标。

当他把梦想庄严地写在纸上之后，他就开始循序渐进地实行。16岁那年，他和父亲到佐治亚州的奥克费诺基大沼泽和佛罗里达州的埃弗洛莱兹探险。从这时起，他按计划逐个实现了自己的目标，49岁时，他已经完成了127个目标中的106个。这个美国人叫约翰·戈达德。他获得了一个探险家所能享有的荣誉。前些年，他仍在不辞辛苦地努力实现参观月球（第125号）等目标。

一步一步地前进，一块一块地捡砖头，贵在每天做，难在坚持做。人要耐得住寂寞，才不会因收获不大而心浮气躁，不会为目标尚远而动摇信念。抗得住干扰，顶得住压力，不因灯红酒绿而分心走神，不为冷嘲热讽而犹豫停顿，专心致志、坚定不移。

无论一个人有多聪明，如果没有坚韧不拔的品质，他就不会在一个群体中脱颖而出，他就不会取得成功。许多人本可以成为杰出的音乐家、艺术家、教师、律师或医生，但就是因为缺乏这种坚韧不拔的品质，最终一事无成。

坚韧不拔的人从不会停下来想想他到底能不能成功。他唯一要考虑的问题就是如何前进，如何走得更远，如何接近目标。无论途中有高山、有河流还是有沼泽，他都会去攀登、去穿越。而所有其他方面的考虑，都是为了实现这个终极目标。对于一个不畏艰难、一往无前、勇于承担责任的人，人们知道反对他、打击他都是徒劳的。

再冷的石头，坐上三年也会暖。歌德曾这样描述坚持的意义：

"不苟且地坚持下去，严厉地鞭策自己继续下去，就是我们之中最微小的人这样去做，也很少不会达到目标。因为坚持的无声力量会随着时间而增长，从而达到无可抗拒的力量。"

提高对"风凉话"的免疫力

当你还只是寻梦者时，是不起眼的，就算你有经世之才——但又有几个伯乐呢？所以，你的梦想与追求，在有些人眼里与"癞蛤蟆想吃天鹅肉"差不多，都是自不量力，痴人说梦。总是会有人来打击你。一个人打击你，或许没有什么；十个人打击你，有点动摇了吧；一百个人打击你呢？

别人劝阻或讥笑你的寻梦，也并非想害你，他们有时是无意甚至是善意。"相信我，你走的那条路行不通，别浪费自己的精力了。"他们会这么说。

根据研究，那些白手起家的百万富翁都有一种有趣的"免疫系统"——很强的心理承受能力。他们有一种应对恶意批评者过激言论的心理盔甲。这些百万富翁，总是漠视各种批评者和权威人物的负面评价。甚至有些白手起家的百万富翁们说，某些权威人物所做的贬低的评价对于他们最终取得成功起过一定的促进作用——锤炼铸就了他们所需要的抵抗批评的抗体，坚定了他们努力成功的决心。

充满传奇色彩的洛克菲勒，美国的史学家们对他百折不挠的品质给予了很高的评价："洛克菲勒不是一个寻常的人，如果让一个普通人来承受如此尖刻、恶毒的舆论压力，他必然会相当消极，甚至崩溃瓦解,然而洛克菲勒却可以把这些外界的不利影响关在门外,依然全身心地投入他的垄断计划中,他不会因受挫而一蹶不振,在洛克菲勒的思想中不存在阻碍他实现理想的丝毫退却。"

对大多数人来说,接受权威人士所给他们的负面评价是最大的打击。许多人失败于智商测试、学习能力测试和其他测试。同时,这些人又愿意接受命运的安排,所以,他们甚至在未达到法定选举年龄之前就已经投降了。对他们来说,差的等级和其他低分自然而然地转化为后来在工作上的低效率。但我们的白手起家的百万富翁们选择了另一条道路:就是不相信那些贬低他们,而且是反复贬低他们的权威人士。有远见、有勇气,有胆量向权威人士、业余批评人士和教育测试中心所给出的负面评价进行挑战。

一个人事业上的成功与他们如何对待批评者之间存在着联系。关于这一点,那些成功的人士是怎么做的呢?他们大多数人要么对批评者不予理会,要么把批评当作一种激发他们取得成功的动力。大多数百万富翁把批评者说成是对他人做出负面评价与预言的人。批评者不像良师益友那样热情地帮助他人实现自我改善,而是热衷于改变他人的目标。事实上,他们似乎是想看到别人的失败,好像他们是以看到自己的预言成为现实而感到满意。

那些热衷于批评的人曾告诉过百万富翁:

你缺乏最基本的经商才能;

对于一桩新的生意来说,那是我所听到的最笨的想法;

你的本钱不够。

在我们身边,从来不缺少一些所谓饱经风霜的老前辈,他们似乎"什么世面都见过",因此总对我们讲一些不可做这不可做那的理由。你产生了个好主意,一句话还没说完,他就像消防队员灭火般地向你泼冷水。这种人总能记起过去某时曾有个人也产生过类似想法，结果惨遭失败，他们总是极力劝你不要浪费时间和精力，以免自寻烦恼。

一个人如果接受了这种负面的观点，就会早早地从战场上撤退下来。未来的百万富翁不会把这种批评当一回事，实际上他们喜欢用事实来反驳这种可笑的预言，而且负面的评论越是多越能激发他们的斗志。

一家大印刷公司的经理曾回忆起他与自己公司一位会计员的一次谈话：这位会计员的理想是要成为公司的审计长，或者创办她自己的公司。因为她连中学都没毕业，而且又是个新移民，因此这个公司经理善意地提醒她："你的会计能力是不错，这一点我承认，但你应该根据自己的受教育程度，把目标定得更加切合实际些。"他的话使她大为光火，于是，她毅然辞职追寻自己的理想。

几年后她成立了一个会计服务社，专为那些小公司和新移民提供服务。现在，她在北加州的会计服务社已发展到了五个办事处。

其实，我们谁也不知道别人的能力极限到底有多大，尤其是如果他们怀有激情和理想，并且能够在困难和障碍面前不屈不挠时，他们的能力限度就很难预料。

"无论做任何事情，开始时，最为重要的是不要让那些总爱唱反调的人破坏了你的理想。"芭芭拉·格罗根指出，"这世界上爱唱反调的人真是太多了，他们随时随地都可能列举出千条理由，说你的理想不可能实现。你一定要坚定自己的立场，相信自己的能力，努力实现自己的理想。"

第二章
放飞自己，向着梦想的方向起航

过去的青春肆意也好、仓促也罢，都过去了。将眼光展望未来吧，我们随时可以上路。

愚人因常把成功看得太容易而导致失败，智者因常把成功看得太困难而一事无成。强者知道成功绝非易事．既需要事前的精心谋划，又需要在路上的勇气、激情与智慧。最终，他们成了举起香槟庆贺成功的人。

冰心老人曾说："成功的花，人们只惊羡她现时的明艳！然而当初她的芽儿，浸透了奋斗的泪泉，洒遍了牺牲的血雨。"成功来之不易，越辉煌的成功越是难度大，你必须利用你全部的才学与能力，调动你所有的潜能，才能更快更好地达到成功的彼岸。

守住以"德"为准的做人之本

当一个人处于众叛亲离、事事不顺的境地时，十有八九是自己在德行上出了大问题。北宋名臣薛居正曾云："德有失而后势无存也。"意思是德行一旦缺失，良好的局势就不会存在。为什么呢？因为"得道者多助，失道者寡助"。

一个人的德行，其实就是他对待这个世界的态度。你用正确的态度（高尚的德行）去对待这个世界，那么世界也将会以一种正确的态度回报你。反之，你若坑蒙拐骗这个世界，这个世界也不会给你好果子吃。缺德与失势存在因果关系和内在联系。失势者往往看不到"德"的力量和作用，他们有势时不讲操守，不养其德，失势时怨天尤人，不深刻反省自己，这真是很可悲的。重势不重德，是小人的行为；重德不重势，是君子的行为。德在势先，势在德后，如果本末倒置，定会惨败收场。

有这么一个故事。

一个商人对一个男孩说："你想找活干吗？"

"当然！"男孩回答。

"但是你必须向我证明你有良好的品德！"

"当然可以！"男孩回答，"我马上就去找曾经雇用过我的老板。"

"那好，你去把他找来吧，我需要和他好好谈谈你的事情。"

但是男孩去了之后，再也没有露面。几天后，商人又遇见了那个男孩，就问男孩怎么没有来找自己。

男孩回答说："因为我以前的老板同我谈了您的品德。"

人之所以成为人，与动物的很大区别就在于自己的社会性。社会性越强，对人的品德要求就越高。每个人都需要具有良好的品德，因为社会对我们提出了这样的要求，没有品德的社会是不可想象的社会。品德实际上在某种程度上就是一种无形的约束，有时甚至比法律的约束还有意义。

商人出于自己经商的目的，自然要对自己的雇员提出品德上的要求，可是在别人提出品德要求的时候却往往忽略了对自己的要求。难怪前面故事中的男孩说："我听以前的老板说起了你的品德。"他没有继续说下去，但是我们可以感觉到他的潜台词是：这个商人的品德不好！最后的结局肯定是男孩不会去为商人工作。

品德是一个人立世的根基。一个根基深厚而扎实的人，就能在社会上站得更稳、走得更好。一个品德败坏的人，即使权势强盛，也如同秋后的蚂蚱，蹦不了多久。面临失势，人首先应该反省的是：是否是因为自己的品德出了问题而导致的恶果？如果原因出在品德上，要想挽回局势绝非一日之功。你唯有洗心革面，痛改前非，方有东山再起之机会。然而，面临失势，几乎没有人会怀疑自己的品德有什么问题，就像我们前面提到的那个商人一样，他喜欢用品德的标尺去度量别人，却不愿度量自己。然而，社会对他们品德的认同程度却并不像他们想象的那样白璧无瑕和无可挑剔，这是为什么呢？答案可能有两个：一是他们对自己品德的要求也许并不很高，距离人们普遍认同的道德标准可能还差得较远；二是他们可能缺乏个人品德的塑造和表现技巧。只有让自己优秀的品德内化为一种原本的动力，然后再通过自己的言行充分表现出来，这样的品德才会产生积极的社会意义，才会为自己的形象加分升值，增光添彩。

美国加州的"克帕尔饮料开发有限公司"需要招聘员工，有一个叫莫布里的年轻人到这个公司去面试，他在一间空旷的会议室里忐忑不安地等待着。不一会儿，有一个相貌平平、衣着朴素的老者进来了。莫布里站了起来。那位老者盯着莫布里看了半天，眼睛一眨也不眨。正在莫布里不知所措的时候，这时老人一把抓住莫布里的手："我可找到你了，太感谢你了！上次要不是你，我女儿可能早就没命了。"

"怎么回事？"莫布里丈二和尚摸不着头脑。

"上次，在中央公园里，就是你，就是你把我失足落水的女儿从湖里救上来的！"

老人肯定地说道。莫布里明白了事情的原委，原来他把莫布里错当成他女儿的救命恩人了："先生，您肯定认错人了！不是我救了您的女儿！"

"是你，就是你，不会错的！"老人又一次肯定地回答。

莫布里面对这个感激不已的老人只能做些无谓的解释："先生，真的不是我！您说的那个公园我至今还没有去过呢！"

听了这句话，老人松开了手，失望地望着莫布里："难道我认错人了？"

莫布里深情地安慰老先生说："先生，别着急，慢慢找，一定可以找到您女儿的救命恩人！"

后来，莫布里在这个公司里上班了。有一天，他又遇见了那个老人。莫布里关切地与他打招呼，并询问他："您女儿的恩人找到了吗？""没有，我一直没有找到他！"老人默默地走开了。

莫布里心里很沉重，对旁边的一位司机师傅说起了这件事。不料那司机哈哈大笑："他可怜吗？他是我们公司的总裁，他女儿落水的故事讲了好多遍了，事实上他根本没有女儿！"

"噢？"莫布里大惑不解，那位司机接着说："我们总裁就是通过这件事来选用人才的。他说过有德之人才是可塑之才！"

莫布里被录用后，兢兢业业，不久就脱颖而出，成为公司市场开发部经理，一年就为公司赢得了数千万美元的利润。当总裁退休的时候，莫布里继承了总裁的位置，成为美国的财富巨人，家喻户晓。后来，他谈到自己的成功经验时说："一个一辈子做有德之人的人，绝对会赢得别人永久的信任！"

通过这个故事，我们一方面可以看到这位总裁对录用人才在德行方面的高度重视；另一方面，我们也可以看到莫布里是一位绝对信守"德"的人才。对那些另有图谋的人来说，本来完全可以利用这位总裁的"稀里糊涂"，给自己贴上"救人英雄"的标签以增加被录用的概率。但莫布里却不这样做，他以德为做人之本，为自己打开人生局面奠定了最稳固的基石，所以他是通过诚信的做人之道换来了成功之本。

在实际生活中，我们每个人都应当像莫布里一样，把"德"字刻在心头，做一个令人放心的人，在一个相互信任的环境中工作，才能敲开成功之门。但就是有些人对此不以为然，总是为利益所驱，常常是件好事就贴上去，见坏事就躲开，把做人之本抛到九霄云外，像老鼠一样，令人生厌。这样的人可以成功一时，但绝不可能永远延续成功的脚步。所以我们非常有必要记住莫布里的那句话，并把它刻在心头，守住以"德"为准的做人之本，这样你迟早有一天会成为另外一个莫布里。

自省是人生旅途中的一盏明灯

　　在这个世界的每一个角落，似乎都充满了抱怨和愤怒。

　　为什么大家都不理解我？

　　为什么好心没有好报？

　　为什么别人对我不友好？

　　为什么我的机会那么少？

　　为什么一分耕耘换不回一分收获？

　　为什么，为什么……问了太多的为什么，却很少有人找到真正的答案！

　　于是，怨天尤人、悲观宿命之类的行为与思想甚嚣尘上：不是我做得不好，而是人心太险恶；不是我付出太少，而是我命中注定劫难难逃。

　　可以说"埋怨别人"已成为中国人的弊病，"都是你的错"也成了人们掩饰自己错误的习惯性借口。当我们遇到困难时，我们首先想到的是埋怨别人，而不是从自己身上找原因。仿佛所有的错误都与自己毫不相干。

　　平庸的人总是喜欢找外在的种种理由，却不愿意审视自己的问题；他们只看得见别人脸上的灰尘，却看不见自己鼻子上的污点。但强者们却总是在调整自己、提高自己，努力地将自己打造成一个与外界和谐的人。他们更加注重自我反省与提高，深知只要自己对了，世界就对了。"现代戏剧之父"易卜生曾经告诫他人：你的最大责任就是把你这块材料铸造成器。说的其实也就是这个道理。言辞犀利如手术刀的鲁迅先生曾说："我的确时时解剖别人，然而更多时候是更无情地解剖我自己。"

或许，只有当"都是我的错"成为我们经常挂在嘴边的话时，当我们学会反求诸己时，会发现自己变得更加谦卑与平和，外界的很多事情很难让我们冲动得失去理智。可以说，反求诸己是一种智慧，也是我们每个中国人应该具备的美德。我相信，倘若每个人都学会了反求诸己，人与人之间的硝烟会少一些，爱心会多一些。

不平之事之所以缠上了自己，大部分的根源在于自己。比如说做生意遭了骗，根源在于自己的轻信；比如考研失利，根源在于自己学业不够精进……治病要找到病源方能对症下药，突破困局也需要通过自省找到导致困局的根源，方能找到突破的途径。

自省也就是指自我反省，通过自我反省，人可以了解、认识自己的思想、意识、情绪与态度。一个人如果不懂自省，他就看不见自己的问题，更不会有自救的愿望。

从来不犯错误的人是没有的，从来不犯过去曾犯过的错误的人也是不多见的。暂且不论是不是重复过去曾犯过的错误，就是这种经常反省的精神也是十分可贵的。

宋朝文学家苏轼写过一篇《河豚鱼说》，说的是河里的一条河豚，游到一座桥下，撞到桥柱上。它不责怪自己不小心，也不打算绕过桥柱游过去，反而生起气来，恼怒桥柱撞了它。它气得张开两鳃，胀起肚子，漂浮在水面，很长时间一动不动。后来，一只老鹰发现了它，一把抓起了它，转眼间，这条河豚就成了老鹰嘴里的美餐。

这条河豚，自己不小心撞上了桥柱子，却不知道反省自己，不去改正自己的错误，反而恼怒别人，一错再错，结果丢了自己的性命，实在是自寻死路。

那么，人应该从什么地方反省自己呢？

孔子的弟子曾子关于自省有一段著名的论述："吾一日而三省吾身，为人谋而不忠乎？与朋友交而不信乎？传不习乎？"曾子告诉我们，每天要三省，从三个方面去检查自己的思想和言行：

一是反省谋事情况，即对自己所承担的工作是否忠于职守；

二是反省自己与朋友交往是否信守诺言；

三是反省自己是否知行一致，即是否把学到的知识身体力行。

总之，要通过自省从思想意识、情感态度、言论行动等各个方面去深刻认识自己、剖析自己。

自省可以改变一个人的命运和机缘，它在任何人身上都会发生效用：因为自省所带来的不只是智慧，更是夜以继日的精进态度和前所未有的干劲。

有了自省，才能自己解剖自己，把身上的灰尘抖落在地，还一个干净、清洁的自我。

有了自省，就有了人生的栅栏。既不会被迷雾诱惑，也不会被香风熏倒。

有了自省，才能去伪存真，化堑为路，并不断使自己思想升华，情操净化。

有了自省，我们才会自醒，继而自立与自强！

朋友们，学会自省吧！它是你人生旅途中的一盏指路明灯！

有了目标，成功只是时间问题

正如空气对于生命一样，目标对于成功也是绝对必要的。如果没有空气，就没有人能够生存；如果没有目标，也没有任何人能够成功。

维克多·弗兰克尔用事实最贴切地说明了"人不能没有目标地活着"的道理。

第二次世界大战期间，在越南行医的精神医科专家弗兰克尔不幸被俘，后来被投入了纳粹集中营。三年中他经历的极其可怕的集中营生活使他悟出了一个道理——人是为寻求意义而活着。在集中营里他与他的伙伴们被剥夺了一切——家庭、职业、财产、衣服、健康甚至人格。但弗兰克尔却不断地观察着丧失了一切的人们，同时思索着"人活着的目的"这个老生常谈的最透彻的意义。在此期间他曾几次险遭毒气和其他残害，然而他仍然不懈地客观地观察着、研究着集中营的看守与囚徒双方的行为。最终他完成《夜与雾》一书。

在此书中，弗兰克尔用极其真实、有力、生动的论据和论点简述了人活着的目的。此书对于世界上一切研究人的行为的学者来说，都是极有价值的。弗兰克尔的理论是在长期的客观观察中产生的，他观察的对象是那些每日每时都可能面临死亡，即所谓失去生命的人们。在亲身体验的囚徒生活中，他还发觉了弗洛伊德的错误，并且反驳了他。

弗洛伊德说："人只有在健康的时候，态度和行为才千差万别。而当人们争夺食物的时候，他们就露出了动物的本能，所以行为变得几乎无以区别。"而弗兰克尔却说："在集中营中我所见到的人，却完全与之相反。虽然所有的囚徒被抛入完全相同的环境中，有的人却消沉颓废下去，有的人如同圣人一般越站越高。"他还从实际中悟到，"当一个人确信自己存在的价值时，什么样的饥饿和拷打都能忍受"。而那些没有目的活着的人，都早早地毫无抵抗地死掉了。

在那充满死亡意味的集中营里，弗兰克尔的一位好友曾对他说："我对人生没有什么期待了。"弗兰克尔否定了这位朋友的悲观人生态度，鼓励他说："不是你向人生期待什么，是生命期待着你！什么是生命？它对每个人来说，是一种追求，是对自己生命的贡献。当然，怎样做才能有贡献？自己的追求是什么？每个人都不一样。而怎么回答这些问题是我们每个人自己的事情。"

有生命的地方就有希望。

有希望的地方就有梦想。

"有了清楚的梦想，加上反复地充实与描画，梦想就能变成目标。"目标经过细致认真的研究，对胜者来说，就可看成行动的计划。胜者认为，当目标完全融于自己的人生时，目标的达成就只剩下时间问题了。

向左走？向右走？

　　人生的"地图"上，处处是十字路口。每一个选择都是在为自己种下一颗命运的种子。一步走对了，又一步走对了，无数大大小小的选择走对了，你才能够品尝到成功的甘甜果实。

　　人的一生，只有一件事不能由自己选择——自己的出身。其他的一切，皆是由自己选择而来。

　　人生不过是一连串选择的过程，从你早上起来要穿哪一套衣服出门开始，你在选择；中午要去哪里吃饭，你又在选择；女孩子有众多的追求者，在考虑结婚的对象，到底是哪一位男士比较适合自己？要选择；男生找工作时要从多家大企业中选择。以上我所说的选择有大有小，但每日、每月所有的选择累积起来影响了你人生的结果。

　　一个选择对了，又一个选择对了，不断地做出正确的选择，到最后便产生了成功的结果。一个选择错了，又一个选择错了，不断地做出错误的选择，到最后便产生了失败的结果。若想有一个成功的人生，我们必须降低错误选择的概率，减少做错误选择的风险。这就必须预先明确你人生中想要的结果是什么，明确你人生想要的结果是什么——这本身又是一个选择。

　　什么样的选择决定什么样的生活。今天的生活是由三年前我们的选择决定的，而今天我们的选择将决定我们三年后的生活。我们要选择接触最新的信息，了解最新的趋势，从而更好地创造自己的未来。要知道，我们的人生只有三天，昨天、今天、明天。你的今天是你的昨天决定的，你的明天将由你的今天来决定。

在美国历史上享有极高声誉的林肯总统，非常重视人生中的选择。他曾说：所谓聪明的人，就在于他懂得如何去选择。林肯本人就是一个懂得如何选择的人，在南北战争一度处于劣势的时候，他仍坚定地选择了"为争取自由和废除奴隶制而斗争"的道路，终于成就了一番丰功伟业。

得益于选择了正确的道路而取得辉煌成就的人还有很多，如司马迁、鲁迅、比尔·盖茨。我们可以设想一下，假如司马迁在死刑和宫刑之间没有选择令男人最为耻辱的宫刑并含羞忍辱地活着，假如鲁迅舍不得放弃医学，假如比尔·盖茨选择了拿哈佛的镀金文凭……那些彪炳千秋的辉煌还会由他们来谱写吗？

种瓜得瓜，种豆得豆；人生成败，缘于选择。选择是如此重要，做出正确的选择又是如此困难：变数太大、诱惑太多、困难太强……然而正是因为做正确选择之难，才会有成功与失败的分野。伟大与平庸之间，常常只差一点点：选择。只有那些迎难而上的勇士与智者，才会从庸人当中脱颖而出。正如佛祖释迦牟尼所言：一部分人站在河那边，大部分人站在河这边跑上又跑下。那些在河这边跑上又跑下的人，像动物般被环境制约而不自知，这就仿佛一个人被关在某处，口袋里虽有钥匙，却不会用钥匙开门，因为他们不知道口袋里有钥匙。其实，上天在赋予人类和动物一样的生命和适应环境以求生存的本能之外，还多给了人类一把万能钥匙：运用智慧来选择行动的自由。人为"万物之灵"，"灵"就"灵"在人有别于其他生命——人具有自由选择的莫大潜能。

在自己擅长的领域寻找位置

从推着一辆木制手推车，在香港湾仔码头附近摆小摊，出售自制水饺，到身价上亿、名震亚洲的"水饺皇后"，臧健和走过了太多的艰辛，也经历了太多的不幸。她像我们所有人一样，也曾经是个普普通通的女人，但凭着自己的坚强意志与不断奋斗，她终于用自己的双手创造出了属于自己的奇迹。

1977年深秋，32岁的臧健和辞去了青岛的护士工作，带着两个女儿远赴泰国，投靠比她早去3年的丈夫和他的大家族。然而，到了泰国却发现丈夫听从重男轻女的婆婆的安排，在泰国又娶了一个妻子。

泰国允许一夫多妻，臧健和却不能容许，她带着两个女儿，去了香港。为了养活两个女儿，这位不懂粤语的弱女子几乎做遍了所有香港底层职业。在酒楼做杂工时，臧健和不幸被撞伤而导致腰骨断裂。

四处打工赚钱的日子再也不能过了，重伤痊愈后，臧健和的身体已经吃不消。为了女儿，为了生活，她带着家传的手艺，推着小车，走上了当时为香港交通枢纽的湾仔码头，卖起了她的"北京水饺"。但"北京水饺"只是一个泛称，随着生意的兴隆，有人提醒该给她的水饺取个名称，于是她在小推车"北京水饺"

的上面加上了四个字：湾仔码头。

20世纪的最后20年，可谓是香港的黄金时期，炒楼炒股，沸沸腾腾，就是想不发财都难。而这20年，也是臧健和从创业到成功的20年，可为什么在到处都是商机的香港，臧健和却一直紧抱着几元钱一袋饺子的小生意不肯放手呢？

这并非一种倔强的固执，而是臧健和在实践经验中的感悟。当20世纪香港房产股市风起云涌，一夜暴富者层出不穷时，臧健和也不是没想过在金融地产的财富之海中捞一笔。那些年里，她也买过股票，但并没有赚到什么。她买进的时候是80多港元，后来涨到100多港元，经纪人建议她抛，可她却觉得还是等一下再说，结果这一等，反而跌得惨不忍睹。

炒房她也尝试过，但似乎比炒股更不在行。臧健和第一次买楼是1983年，作为自住而购买的。住了11年，30万港元买进300万港元卖出，算是无意中赚了一笔。1994年底她投资买了一套豪华住宅，花了1500万港元，到1997年的时候它已经升到2500万港元了，但她因为种种原因没卖，结果金融风暴来了，楼价跌到地板。

经过无数次尝试，臧健和渐渐地明白了，既然她会包饺子，就要把包饺子当成自己的终身事业，把它做好，并且自己也有信心、有能力把它做好。别的呢，既然是办不好也想不明白的事，而且还会因分心而影响到自己的水饺生意，那就干脆不做，专心专意地包饺子。

明白了自己的正确选择后，臧健和就不再有任何其他的想法。后来，臧健和在给香港大学生讲课的时候告诉他们："要做自己擅长的事情，不要做自己不熟悉的东西。要做比较有把握的事情，但要敢担风险，因为这样的风险是你能承担的。"

一个人在选择自己的人生道路时，要考虑到自己的特长。聪明的人，总会去做自己擅长的事情。因为如果做我们不擅长的事情，就算我们再努力，顶多也就是不会被别人落下太远，但要想出人头地是很难的。而做我们擅长的事，则可以让我们有可能成为那个领域的精英。

连不知道自己多少岁的舟舟都能当优秀的音乐指挥，这说明我们每个人都有自己特有的天赋与专长。从这个意义上说，每一个人都可以称为天才。但只有少数人发现了自己的天赋，并把它充分发挥了出来，他们获得了成功，成为真正的天才。而大多数人直到垂垂暮年也没有发现自己真正适合做些什么。不难想象，每天有多少天才带着他们尚未演奏的人生乐章进入了坟墓！

"认识你自己。"这是在希腊圣城德尔斐神殿上镌刻的一句著名箴言。认识自己的难度远远超过认识世界。要想做成一番事业，我们就必须对自己有一个正确的认识，这是最起码的要求。发现自己的长处，对于我们选择什么样的道路具有重要的意义。这避免我们盲目地进入一个自己并不适合的领域，或者在一个并不具备任何优势的领域上浪费太多的时间。

金无足赤，人无完人。谁也无法在所有方面都超过别人。事实上，只要我们能够在某一个方面，甚至仅仅是某一个点上超过别人，就已经很了不起了。因此，我们需要做的并不是不断地弥补自己的短处，而是去悉心经营自己的长处。在自己最擅长的领域，找到一个最佳的位置，充分发挥自己所长，坚持不懈做下去，我们就一定能够有所突破、有所成就！

还等什么，现在行动起来

克里蒙·斯通是美国联合保险公司的创始人。斯通在谈到自己的创业历程时曾说："想成为富翁的人必须相信：自己的命运要由自己来决断，有了决断就必须马上付诸行动，只要你决定做什么事，就一定要有无论怎样都必须去完成的精神。"

"明天""下个礼拜""以后""将来某个时候"或"有一天"等，往往都是"永远做不到"。有很多好计划没有实现，原因在于应该说"我现在就去做，马上开始"的时候，你却说"我将来有一天会开始去做"。

例如：人人都认为储蓄是件好事，却不表示人人都会系统地按照储蓄计划去做。许多人都想要储蓄，但只有少数人才能真正做到。

以下是一对年轻夫妇的储蓄经过。毕先生夫妇每个月的收入是3000元，但每个月的开销也要3000元，收支刚好相抵。夫妇俩都很想储蓄，但是往往有一些理由使他们无法开始。如下的话他们说了好几年："加薪以后马上开始存钱""分期付款还清以后就要……""渡过这次难关以后就要……""下个月就要……""明年就要开始存钱"。最后太太刘兰不想再这样拖下去了。她对毕先生说："你好好想想看，到底要不要存钱？"他说："当然要啊！但是现在省不下来呀！"刘兰这一次下定了决心。她说："我们想要存钱已经想了好几年，由于一直认为省不下来才一直没有储蓄，从现在开始要认为我们可以储蓄。我今天看了一个广告说，如果每个月存 1000 元，15 年以后就有 18 万元，外加 6.6 元的利息。广告又说：'先存钱，再花钱'比'先花钱，再存钱'容易得多。如果你想储蓄，就把薪水的 10% 存起来。就算要靠榨菜和稀饭过到月底，我们也要这么做。"

为了存钱，他们刚开始几个月当然吃了一些苦头；尽量节省，才留出这笔预算。现在，他们却觉得"存钱跟花钱一样好玩"。

如果有个电话应该打，可是自己总是一拖再拖。如果这时那句"现在就去做"从自己的潜意识里闪出："快打呀！"这时就应该立刻去打电话。

或者，把闹钟定在早上六点，可是当闹钟响起时，自己却睡意正浓，于是干脆把闹铃关掉，倒头再睡。如果这种情况继续下去，就会养成习惯。假使脑海中始终提醒自己"现在就去做"，这时就不得不立刻爬起来。

魏先生就因为养成了"现在就去做"的习惯而成为一个多产作家。他绝不让灵感白白溜走，想到一个新想法时，他立刻记下。这种事有时候会在半夜发生，这时魏先生会立刻开灯，拿起放在床边的纸笔飞快地记下来，然后再继续睡觉。

许多人都有拖延的习惯。因为拖拖拉拉耽误了火车、上班迟到，甚至错过可以改变自己一生的良机。

要记住："现在"就是行动的时候。

马上行动可以改变一个人的态度，使他由消极转为积极，使原先可能糟糕透顶的一天变成愉快的一天。

第三章
改变自己，插上一双智慧的翅膀

有一道脑筋急转弯题：

在一个充气不足的热气球上，载着3位关乎人类存亡的科学家。第一位是环保专家，他的研究可以让人类的生存环境免受污染。第二位是原子专家，他有能力防止全球发生核战争。第三位是粮食专家，他能让不毛之地长出粮食，让几千万人脱离饥荒。此刻热气球即将坠毁，必须得丢下一个人以减轻载重。请问，该丢下哪一位呢？

可以想象，无论要将哪一个"倒霉鬼"扔下去，都可以罗列出 N 条理由。而题目的标准答案很简单：将最胖的人丢出去。

一个人，他的"帽子"的价值，并不等于他的头脑的价值。没有智慧的头脑，就像没有蜡烛的灯笼。

馅饼可能就在陷阱上

有一家农户，圈养了几头猪。一天，主人忘记关圈门，便给了那几头猪逃跑的机会。经过几代以后，这些猪变得越来越凶悍以至开始威胁经过那里的行人。几位经验丰富的猎人闻听此事，很想为民除害捕获它们。但是，当这些猪开始靠自己的本领去生存后，已经逐渐变得聪明了。猪很狡猾，没有给猎人捕获的机会。

有一天，一个老猎手走进了村庄，声称自己可以帮乡民们抓"野猪"。乡民们一开始不相信。但是，两个月以后，老人回来告诉那个村子的村民，野猪已被他关在山顶上的围栏里了。

村民们很惊讶，问那个老人："是吗？真不可思议，你是怎么抓住它们的？"

老人解释说："第一天，我找到野猪经常出没的地方，挖了一小块低洼地，在空地中间放了一些新鲜的玉米，那些猪起初吓了一跳，最后还是好奇地跑过来，闻鲜玉米的味道。很快一头老野猪吃了第一口，其他野猪也跟着吃起来。这时我知道，我肯定能抓到它们了。

"第二天，我又多加了一点粮食，并在几尺远的地方竖起一块木板。那块木板像幽灵般暂时吓退了它们，但是那'白吃的午餐'很有诱惑力，所以不久它们又跑回来继续大吃起来。当时野猪并不知道它们已经是我的了。此后我要做的只是每天在低洼地的粮食周围多竖起几块木板，直到我的陷阱完成为止。

"然后，我挖了一个坑立起了第一根角桩。每次我加进一些角桩，它们就会远离一些时间，但最后都会再来吃'免费的午餐'。围栏造好了，陷阱的门也准备好了，而不劳而获的习惯使野猪毫无顾虑地走进围栏。这时我就出其不意地关紧陷阱的门，那些'白吃午餐'的猪就被我轻而易举地抓到了。"

人一旦变成上面这个故事中的"猪"一样贪恋"免费得到"，很快就会变成陷阱中的"猪"。很多人都知道天下没有"白吃的午餐"，但是大多数人依然在期待着快速致富的捷径；都明白努力才能有成果，但是却不愿体验辛苦的过程。虽然一分耕耘并不意味就一定会有一分收获，但没有耕耘一定是没有收获的。这个道理人人都懂，但是人的骨子深处老是有一种偷懒、取巧、贪婪与侥幸的心理，所以社会上诈骗案件永远不会绝迹，也永远会有人受骗上当。君不见，被一再曝光的手机短信中奖诈骗，至今仍有人上当受骗。为什么会这样？无非是以为"天下有免费的午餐"吃。还有路上有人捡钱要与你平分的低级骗术，居然也能蒙到不少人。不说捡钱私分是违背法律道德，光问你一句："别人捡到了钱为什么要那么热心地和你平分？"就不难看出其中的蹊跷。

馅饼与陷阱，不仅字形看上去非常相似，读音在一定程度上也有相似之处。要小心啊，别把陷阱看成了馅饼。

最短的路未必是最快的路

一位乘客上了出租车，并说出了自己的目的地。司机问："先生，是走最短的路，还是走最快的路？"乘客不解地问："最短的路，难道不是最快的路吗？"司机回答："当然不是。现在是上班高峰，最短的路交通拥挤，弄不好还要堵车，所以用的时间肯定要长。你要有急事，不妨绕一点道，多走些路，反而会早到。"

生活中有很多时候我们会遇到类似的问题，虽然条条大路通罗马，但最快的路不一定是最短的路，到达目的地最短的路可能会因某种原因使我们浪费更多的时间。

林肯曾经说过："我从来不为自己确定永远适用的原则。我只是在每一具体时刻争取做最合乎情况的事情。"英国大科学家、电话的发明者贝尔说："不要常常走人人去走的大路，有时另辟蹊径前往云林深处，那里会令你发现你从来没有见过的东西和景物。"

如果把一只蜻蜓放飞在一个房间里，它会拼命地飞向玻璃窗，但每次都碰到玻璃上，在上面挣扎好久恢复神志后，它会在房间里绕上一圈，然后仍然朝玻璃窗上飞去，当然，它还是"碰壁而回"。

其实，旁边的门是开着的，只因那边看起来没有这边亮，所以蜻蜓根本就不会朝门那儿飞。追求光明是多数生物的天性，它们不管遭受怎样的失败或挫折，总是坚决地寻求光明的方向。而当我们看见碰壁而回的蜻蜓的时候，应该从中悟出这样一个道理：有时，我们为了达到目的，选择一个看来较为遥远、较为无望的方向反而会更快地如愿以偿；相反，则会永远在尝试与失败之间兜圈子。

毫无疑问，人们都愿沐浴着和煦的微风，踏着轻快的步伐，踩着平坦的路面，这无疑是一种享受。相反，没有多少人乐意去走弯路，在一般人眼里弯路曲折艰险而又浪费时间。然而，人生的旅程中是弯路居多，山路弯弯，水路弯弯，人生之路亦弯弯，所以喜欢走直路的人要学会绕道而行。

学会绕道而行，迂回前进，适用于生活中的许多领域。比如当你用一种方法思考一个问题或做一件事情，遇到思路被堵塞之时，不妨另用他法，换个角度去思索，换种方法去重做，也许你就会茅塞顿开，豁然开朗，有种"山重水复疑无路，柳暗花明又一村"的感觉。

绕道而行，并不意味着你面对人生的困难而退却，也并不意味着放弃，而是在审时度势。绕道而行，不仅是一种生活方法，更是一种豁达和乐观的生活态度和理念。大路车多走小路，小路人多爬山坡，以豁达的心态面对生活，敢于和善于走自己的路，这样你永远不会是一个失败者，而是一个开拓创新者。

百折不回的精神虽然可嘉，但如果望见目标，而面前却是一片陡峭的山壁，没有可以攀缘的路径时，我们最好是换一个方向，绕道而行。为了达到目标，暂时走一走与理想相背驰的路，有时正是智慧的表现。

与其生闷气，不如争口气

人生在世，有很多人们是无法选择的，比如：我们无法选择出生，但我们可以凭借我们的知识和能力，改变我们的未来；我们无法选择我们的外貌，但我们可以提升我们的内涵，提高我们的实力。很多事情是不期而至的，我们无法去选择它何时开始，但是我们可决定它的结果，这完全取决于你自己！

夯足底气，努力创造争气的条件，你才能够成功，才会有所成就。"生气"与"争气"虽然只是一字之差，人生态度却是大不相同：生气是做人上的失败，争气是做事上的成功。所谓人生态度，指的是一个人对于人生中各种事物的看法。态度虽然存在于心中，却会通过言行表露于外。一个人对于事物的看法，直接决定了他下一步所采取的行动。

有人说是习惯决定人生的胜负，因为行动很多时候来自习惯。那么，习惯又是从何而来的呢？也许有人会说是"养成的"。这个回答当然没有错，但还是答得太笼统。习惯是养成的，它植根于态度的土壤。什么样的态度"土壤"，生长出什么样的习惯之树；什么样的习惯之树，结出什么样的果。一个人若认为工作是为了不挨饿受冻而不得不做的苦差（态度），他是怎么也养不成爱岗敬业的习惯的。因为在他心里根本就没有一片适合这种习惯生长的土壤。而养不成爱岗敬业的习惯，他的职业生涯必定灰暗无边。要打破他灰暗的职业生涯，只有从心态入手。从习惯入手是没有效果的，因为没有适宜心态的支撑，习惯始终是无根之木。

无论是做人也好，做事也罢，最关键的是态度。童第周的故事我们大家想必都知道，在小学时有一篇课文叫《一定要争气》，讲的就是他的故事。科学家童第周在 28 岁那年，到比利时去留学，师从一位在欧洲很有名气的生物学教授学习。一起学习的还有别的国家的学生。由于旧中国贫穷落后，在世界上没有地位，外国学生非常瞧不起中国学生，经常讥笑与蔑视童第周。童第周暗暗下了决心：一定要为中国人争气。

几年来，童第周的教授一直在做一项难度很大的实验，但做了几年也没有成功。童第周不声不响地刻苦钻研，反复实践，终于成功了。那位教授兴奋地说："童第周真行！"这件事震动了欧洲的生物学界，也为中国人争了气。

人人生而平等，为什么你外国人要瞧不起我中国人？童第周要生气还似乎真的有生气的理由。但生气有什么作用？生气仅仅是一种情绪化的表现而已，仅仅停留在口头或拳头之上。但争气是一种实实在在的行动反击。争气不是说有就有的，要靠努力才可以实现。争气值得喝彩，争气值得鼓励，争气值得学习。总之，生气是一种消极的发泄。争气是一种积极的作为。

当你的态度改变后，一切都会发生变化。同样一句话，有的人会因为这句话而受到激励，然后奋发向上，成就一生，这就是争气。这样的例子真是太多了。而有的人却因为这句话受到刺激，怒发冲冠，从而坏了正事。人要争气，不可以生气。人有七情六欲，难免会有喜怒哀乐，忍一时海阔天空；人生起伏高低，难免有高潮低潮，争口气则时运济济。人要争一口气，千万不要生闷气！

我们为什么不想想如果我们自己足够优秀，别人还会对你冷眼嘲讽吗？所以，碰上生气时最好的应对办法就是自己争气，去做得更好，在人格上、在知识上、在智慧上、在实力上使自己加倍成长，变得更加强大，许多问题就会迎刃而解。

做人要常怀仁爱之心

　　也许有人会以为，只要有一个聪明的头脑，学到足够的文化知识，人生就会步入坦途。实则不然，一个人要想使自己的聪明才智得到最大限度的发挥，还必须学会宽厚和仁爱，只有这样，才能得到尽可能多的人气，从而为自己的发展扫平障碍。

　　人际关系的黄金法则是：你如何对待别人，别人也会采取同样的方式对待你。爱人者，人恒爱。如果一个人真诚地关爱别人，就能得到别人真诚的爱。做人要有仁爱之心，正像一首歌词所唱的那样："只要人人都献出一点爱，这世界将变成美好的人间。"

　　"仁爱"是人类社会的精髓。先哲孔子是一个毕生宣扬"仁爱"精神的一个人。对于"仁"的定义，他认为"仁"即"爱人"，并提出了"己所不欲，勿施于人"，"己欲立而立人，己欲达而达人"的"忠恕"之道。儒家思想长期占据我国历史的统治地位，仁爱是儒家思想的主要内容，仁爱思想被历代贤哲智士不断弘扬光大。仁爱也是和谐社会的重要思想基础。仁爱讲究奉献，不求索取；仁爱提倡扶危济困，尊老爱幼。仁爱作为一种做人的美德，成为古今中外各界人士所崇尚的行为。

　　子曰："唯仁者，能好人，能恶人。"只有具有仁爱之心，才可以正确地判断，怎么样做才是真正地对人好，怎么样做其实是害人。

对人好者，人亦回报其以好。清代著名的晋商乔致庸之所以能成为一个成功的商人，一个重要原因就是他有一颗仁爱之心。乔致庸以天下之利为利，开票号实现汇通天下的目标，不是为了自己发大财，而是为了方便天下商人。开拓武夷山茶路不仅是为了自己发财，更多的是考虑如何解除广大茶农的生活之困。当有人出高价收购他经营的茶市时，他毅然撤出，这是一般的商人很难做到的。在乔家门前，常年拴着三头牛，谁家要用，只需招呼一声，便可牵去用一天；每年春节前夕，乔家大门洞开，乔致庸会拉出一扇板车，满载米、面、肉，谁家想要，只要站在门口招招手，便可随意取去。乔致庸就是凭着一颗仁爱之心，凝聚了一大批铁杆伙计，他虽然多次历经灾难，几乎家破人亡，但这些伙计却鼎力相救，一次次使他转危为安、化险为夷，没有伙计在危难时刻离他而去。这全是仁爱之心使然。大灾之年，他开粥棚救济十万灾民，家人与灾民同锅喝粥，为了支撑粥棚几乎倾家荡产。

而对人害者，人亦报以其害。《乔家大院》里的祁县何家，因经营烟馆生意，赚了不少钱，但做的是缺德事，害的是老百姓，因此不得好报。何家少爷也因长期抽鸦片毁坏了身体，疾病缠身，不能过正常人的生活，花了大笔银子娶回江雪英不久便一命呜呼，万贯家财尽落他人之手，得到了应有的报应。

懂得舍弃，才能得到

人生苦短，要想获得越多，就得舍弃越多。那些什么都不舍弃的人，是不可能获得他们想要的东西的，其结果必然是对自身生命最大的舍弃，让自己的一生永远处于碌碌无为之中。

有位记者曾经采访过一位事业上颇为成功的女士，请教她成功的秘诀，她的回答是："舍得。"她用她的亲身经历对此做了最具体生动的诠释：为了获得事业成功，她舍弃了很多很多：优裕的城市生活、舒适的工作环境、数不清的假日……

有时，当提议朋友们一起聚会或集体旅游时，我们常常会听到朋友类似的抱怨：唉，有时间时没钱，有钱时又没有时间。其实，人生是不存在一种很完美的状态的，你只能在目前的情况与条件下做出你自己的决定。选择不能拖延，当你想着等待更好的条件时，也许你已经错过了选择的机会。

该放弃时一定要放弃，不放下你手中的东西，你又怎么会拿起另外的东西呢？

天道酬勤，造物主不会让一个人把所有的好事都占全。鱼与熊掌不可兼得，有所得必有所失。从这个意义上说，任何获得都是以舍弃为代价的。人生苦短，要想获得越多，自然就必须舍弃越多。不懂得舍弃的人往往不幸。曾听朋友说起过他们单位的一个女人的故事，其人年逾不惑仍待字闺中。不是她不想结婚，也不是她条件不好，错过幸福的原因恰恰在于她想获得太多的幸福，或者说，她什么也不肯舍弃：对于平平者她不屑一顾；有才无貌者她也看不上眼；等到才貌双全了，悬殊的地位又使个人的自尊心受到极大的刺痛……有没有她理想中的白马王子呢？也许有，但我猜想，那一定是在天上而不在人间。

　　每一次默默地舍弃，舍弃某个心仪已久却无缘分的朋友，舍弃某种投入却无收获的事，舍弃某种心灵的期望，舍弃某种思想，这时就会生出伤感，然而这种伤感并不妨碍我们去重新开始，在新的时空内将音乐重听一遍，将故事再说一遍！因为这是一种自然的告别与舍弃，它富有超脱精神，因而伤感得美丽！

　　再说，有些东西，其实是我们想留也留不住的。比如爱情，它来得有时候会很快。走得有时候也会很快。在网上，看到一篇发人深省的文章。文中的女人说："很想离开他，但每次都舍不得。"两个人一起的日子久了，要分手也不是一次就可以分得开的。明明下定决心跟他分手，分开之后，却又舍不得，两个人就复合了。复合了一段时间，还是受不了他，这一次，真的下定决心要分手了。分开之后，又舍不得。一个月之后，两个人又再走在一起。

　　女人悲观地说："难道就这样过一辈子？"

　　请相信我，终于有一次，她会舍得。

　　舍不得他，是因为舍不得过去。和他一起曾经有过很快乐的日子，虽然现在比不上从前，但是他曾经那么好。离开之后又回去，因为舍不得从前。每一次吵架之后，都用从前那段快乐的日子来原谅他。然而，快乐的回忆也有用完的一天。有一天，女人不得不承认那些美好的日子已经永远过去了，不能再用来原谅他。这个时候，你会舍得。

有道是："爱到尽头，覆水难收。"当爱远走，无论它是发生在自己或者对方身上，舍得都是唯一的出路。如果因为无法放弃曾经有过的美好，无法放下曾经拥有的执着而舍不得。除非是殚精竭虑、心灰意冷、彻底绝望，心中已经不再有灿烂的火花，甚至连那些燃烧过后的草木灰也没有了一点温度。这种时候，想不淡漠都难。有一天当发现对于过去的一切你都不再在乎，它们对你都变得无所谓的时候，这段爱肯定也就消失了。如果你真的珍惜那份感情，不如舍得放手。这样还保留了那份美好的情感不至于遍体鳞伤。舍得的本意，是珍惜；放手的真义，是爱惜。爱情是如此，其他的又何尝不是这样呢？休别鱼多处，莫恋浅滩头，去时终需去，再三留不住。如果你真的在乎，就大方一点，舍得一些。

第四章

奋斗路上，让友谊之花伴你前行

朋友是把关怀放在心里，把关注藏在眼底。

朋友是想起时平添喜悦，忆起时更多温柔。

朋友的可贵不是因为曾一同走过的岁月，朋友的难得是分别以后依然会时时想起，依然能记得：你是我的朋友。

朋友不一定常常联系，但也不会忘记，每次偶尔念起，感觉还是那么温暖、那么亲切、那么柔情。

我们可以失去很多，但不能失去的是朋友。朋友也许并不能成为一段永恒，只是你生命中某段时间的一个过客，但因为这份缘起缘灭，更让生命变得美丽起来，朋友的情感变得更加生动和珍贵。

近朱者赤，近墨者黑

美国有句谚语说："和傻瓜生活，整天吃吃喝喝；和智者生活，时时勤于思考。"一个人结交朋友，拓展人际关系，带给他的绝对不仅仅是牵线搭桥或关键时候的出手相助那么简单直接。事实上，朋友还能决定你的眼光、品位、能力等内在的东西。朋友的影响力非常大，可以潜移默化地影响一个人的一生。身边朋友的言行，如滴水穿石般地影响着你的思路、眼光、做人的方式与做事的方法。

《聊斋志异》里有个河间生的故事，说的是河间生不务正业，交了个狐狸精做朋友。狐狸精天天带他去吃喝玩乐。一次，他和狐狸精下楼任意取酒客的酒食，唯独对一个穿红衣的人避得远远的。河间生问狐狸精："为什么不去取红衣人的酒食？"狐狸精说："这个人很正派，我不敢接近他。"于是，河间生恍然大悟，他想：狐狸精和我交朋友，一定是我走上邪道了，今后必须得正派才是。他才一转念，狐狸精就跑掉了。

以上故事生动地说明了选择正派的人交朋友的重要性。俗语说"近朱者赤，近墨者黑"，就是这个意思。朝夕相处，形影不离的好朋友，一定会在思想、言论、行动和各方面相互影响，这种耳濡目染的力量是决不能低估的。所以，一个人择友一定要在

"良"字上下功夫。

当然，"金无足赤，人无完人"，我们选择的朋友，尽管会有这样那样的不足，但品行必须是好的。他能与你坦诚相处，这种真诚待人的朋友称之为"挚友"，道义上能互相勉励，当你有了过错能严肃规劝你，这种能指出你过错的朋友又称为"诤友"，这种能使你对真、善、美的事物更加向往，使你变得更高尚，更富有智慧的朋友，就是你应当寻求的，并使你终身受益的"良友"。与这样的朋友建立起真挚的友谊，往往成为你通往成功道路上前进的动力。

一个人结交了卓越人士，便能见贤思齐；反之，若结交龌龊之徒，自己难免同流合污。一如前面所述，人类往往近朱者赤，近墨者黑。

当然，这里所谓的"卓越人士"，并非是指家世显赫、地位超绝的人，而是指有内涵、让世人所称道的人物。"卓越人士"大体上可分为以下两大类型：一是指处于社会主导地位的人们；二是指那些有着特殊才华的人们，如对社会有杰出贡献的人、才能特殊的人或是知识渊博的学者、才华横溢的艺术家等。此种杰出绝非凭一个人的喜好所界定，而需经由社会上的认同方可获得。

我们与优秀的人交往总是会使自己也变得优秀。优秀的品格通过优秀的人的影响四处扩散。东方寓言中散发着浓郁芳香的土地说："我本是块普通的土地，只是我这里种植了玫瑰。"就是这个道理。

如果年轻人受到良好的影响和明智的指导，小心谨慎地运用自己的自由意志，他们就会在社会中寻找那些强于自己的人作为自己的榜样，努力地去模仿他们。与优秀的人交往，就会从中吸取营养，使自己得到长足的发展；相反，如果与恶人为伴，那么自己必定遭殃。社会中有一些受人爱戴、尊敬和崇拜的人，也有一些被人瞧不起、人们唯恐避之不及的人。与品格高尚的人生活在一起，你会感到自己也在其中得到了升华，自己的心灵也被他们照亮。

"与豺狼生活在一起，"一句西班牙谚语说，"你也将学会嗥叫。"即使是和平庸的、自私的人交往，也可能是危害极大的，可能会让人感到生活单调、乏味，形成保守、自私的精神风貌，不利于勇敢刚毅、胸襟开阔的品格的形成。你很快就会心胸狭隘，目光短浅，原则性丧失，遇事优柔寡断，安于现状，不思进取。这种精神状况对于想有所作为或真正优秀的人来说是致命的。

相反地，与那些比自己聪明、优秀和经验丰富的人交往，我们或多或少会受到感染和鼓舞，增加生活阅历。我们可以根据他们的生活状况改进自己的生活状况，我们可以通过他们开阔视野，从他们的经历中受益，不仅可以从他们的成功中学到经验，而且可以从他们的失败教训中得到启发。如果他们比自己强大，我们可以从中得到力量。因此，与那些聪明而又精力充沛的人交往，总会对品格的形成产生有益的影响——增长自己的才干，提高分析和解决问题的能力，改进自己的奋斗目标，在日常事务中更加敏捷和老练。

以诚相待，真心付出

"曾经年少爱追梦，一心只想往前飞。"其实，追梦不分年少与否。不再年少的你我，又何尝不是仍走在一条追梦的道路上。生命不息，追梦不止，我们每天都是在路上。

飞翔的日子，总是很高，可以俯视众生，也有心里的孤寂或苦楚、疲惫。因此，在你的朋友展翅飞翔时，同样，你更应该关注他飞得累不累，而不是飞得有多高。真诚的关怀，是获得朋友回报真诚关怀的最佳途径。

纽约电话公司曾做过一项统计，想找出人们在通话中使用频率最高的那些字。结果正如人所料，是"我"字，在500个取样的电话录音中，单单是"我"这个字，就被用了3990次之多。

不论是任何一个人，屠夫也好，国王也好，谁都喜欢受到别人的推崇、爱戴。第一次世界大战结束后，德皇威廉二世因惨遭战败，而受到举国上下的厌恶、唾弃。正当他万念俱灰，意欲亡命荷兰时，却收到了一名青涩少年的来信，信中表示："不论他人作何想法，我永远敬爱你的伟大。"

威廉感动之余，忙发函要求与此少年亲见一面，并因而娶了该少年的母亲为妻。

如果我们真想交朋友，就该摒弃自我因素，全心全意去为别人做些事情。人际沟通专家卡耐基有一个很好的方法：他查出一些好友的生日，为了不被对方查出自己的动机，他经常都是拿占星术做幌子，装着要替对方算命，以套出其生日。并趁对方不注意时，将其出生年月日记在笔记本上，回家后再录到另一个本子上。然后每年都按着日期，寄上贺卡和电报，这常常使他们感激不已。

要想结交朋友，就该推心置腹，以全部的热诚对待朋友。即使只是打电话，当你拿起电话的第一声"喂！"就该让对方感觉到你是多么乐意接到对方的电话。

美国哈佛大学校长查尔斯·伊里奥特博士之所以能成为一个杰出的大学校长，也是因为他无限地对别人关怀感兴趣。一天，一个名叫克兰顿的大学生到校长室申请一笔学生贷款，被批准了，克兰顿万分感激地向伊里奥特道谢。正要退出时，伊里奥特说："有时间吗？请再坐一会儿。"接着，学生十分惊奇地听到校长说："你在自己的房间里亲手做饭吃，是吗？我上大学时也做过。我做过牛肉狮子头，你做过没有？要是煮得很烂，这可是一个很好吃的菜呢！"接下去他又详细地告诉学生怎样挑选牛肉，怎样用文火慢煮，怎样切碎，然后放冷了再吃。"你吃的东西必须有足够的分量。"校长最后说。了不起的哈佛大学校长！有谁会不喜欢这样的人呢？

每一个人都有"希望自己被别人关怀"的欲求。这种人性关怀，会衍生出良好的人际关系，产生好几倍的强大力量，这种力量就能招来成功。而早在耶稣基督诞生前100年，就曾有一位罗马诗人说过："只有付出我们的关怀，别人才有可能反过来关怀我们。"

朋友要交，对手也要处

为你的难过而快乐的，是敌人；为你的快乐而快乐的，是朋友；为你的难过而难过的，就是那些该放进心里的人。那些与你共过患难的人，是你最值得珍惜的人。

只是，敌人和朋友之间，并没有绝对的界限。

20 世纪初，美国有一个年轻商人兼政治活动家叫皮亚，他对一位知名的大企业家汉拿非常不满意，甚至接连两次拒绝与他见面。

那时，汉拿即将成为闻名于世的大人物，要做某政党的政治领袖了。但是在年轻的皮亚看来，汉拿只不过是个"坏蛋"，一个地方上的"党魁"罢了。他每次看见报上对汉拿的称颂，没有一次不摇头痛骂。

后来汉拿的朋友对他说，你最好还是和皮亚会晤一次，消释彼此的意见。于是，在一个拥挤的旅馆客房里，汉拿被引到一个沉静的穿灰外套的青年面前，那人坐在椅中并没有主动问候进来的人。

待友人介绍"这位就是皮亚先生……"之后，汉拿对皮亚说了很多话。

出乎皮亚意料的是，汉拿对于皮亚的事情了如指掌，他谈了许多关于他父亲担任法官的事情、关于他伯父的事情以及关于他自己对于政治纲领的意见。汉拿说："哦,你是从奥马哈来的吗?你的令尊不是法官吗?……"年轻的皮亚不免吃惊了。汉拿又说:"哦,有一次你父亲曾帮助我的朋友在煤油生意上挽回了一大笔损失呢!……"说到这里,汉拿突然冒出一句感慨:"有许多法官知识渊博、思路敏捷,他们的能力远远胜于普通的企业家呢。"接着又说:"你有一位伯父在哈斯顿吗?让我想一想……现在你能对我说说,你对于那政治纲领还有什么意见?"

此时这位年轻政治活动家皮亚已完全改变了对汉拿的看法,他像面对一个自己熟悉的朋友一样,与他侃侃而谈,气氛轻松和谐。当他谈话结束的时候,他的喉咙不觉已有些干涩。就这样,汉拿以他宽广的胸怀和平易近人的态度结交了一个新的忠诚的朋友。

从此之后,皮亚最大的兴趣,就是与这个他曾经非常憎恨的汉拿做朋友,并且忠心耿耿地为他服务。

我们经常会碰到所谓的"敌人"。他们有的高高在上,目中无人,似乎对你充满敌意;有的人成天牢骚满腹,怨天尤人;有的人对你的工作吹毛求疵,百般挑剔;有的人浅薄无聊,充满低级趣味……如果和这些人只是偶然相处倒也罢了,问题是有时你会被迫长时间地和他们交往、相处和共事,在这种情况下,你的烦恼是可想而知的,如何对付这些"敌人"的确可称得上是一门艺术了。

事实上,我们的生活与工作中并没有真正的敌人。如果你感觉有的话,只是因为你处世的功夫还不够高。那些大智若愚的人,往往能与难相处的各种人结成朋友。这样,不但可以提高自己的声誉，博得心胸宽广的美名；更重要的是，他积累了别人难以得到的人脉资源，为自己事业的发展开拓了无限宽广的道路。

朋友之间，有空常去坐坐

陈红唱的一首《常回家看看》，在诉说亲情的同时，也道尽了现代人的忙碌。人们一直都在忙于自己的事，为生活而四处奔波，很难抽出一些时间陪父母聊天、谈心。除了陪父母外，我们还应该抽出时间和身边的人常联系，接触。那些冷若冰霜、老死不相往来的人是不可能拥有属于自己的朋友圈子。只有大家不断往来，才能促进彼此之间信息的传递，感情的交流和更深入的了解。

朋友之间真挚的友情也要靠互相联系来维系的。互相联系的方法有许多，礼尚往来、彼此交流等，在这其中最普遍、最有人情味的一种是有空常去坐坐。

人们在礼节性地道别时，总不忘记加一句"有空来玩"，不论这是否是一句出自肺腑的言语，听后都让人感到温情四溢，自己似乎可以从中体会到我是被人们接受的，是受人欢迎的人。

古代社会做一个好皇帝，会经常微服出访，体察民情；热恋时做一个好男朋友，会常常细致入微地关心女友；做一个好朋友，会不忘记常去朋友家坐坐。多注意人与人之间的沟通，自然会多一个朋友，多一条路子。所以把握这点是很有必要的。

我们要让自己融入社会生活中去，不能够一味地去追求个性，而忽视集体，多与人们接触即是避免这种"独往独来"的好办法之一。

事实上，我们所要做的并不多，只是在有时间的时候，去朋友家走一走，也许只是随意地寒暄几句，也许进行一次长谈，总之，我们在加深对方对自己印象的同时，让他与我们越来越熟悉，这样深入下去，我们之间的关系会越来越融洽。

需要注意的是，在交往中，我们还该注意到以下的问题：

选择恰当的时间。要做一个有心人，不要在吃饭或休息时去打扰朋友，应该选择恰当的时间，例如，在饭后休息时去。若朋友有午睡的习惯，千万不要去打扰，最好的时间是在晚饭后，天气比较凉爽，人的心情也比较平静时去。

到了朋友家，若发现他正在招待客人，也不宜久留，与主人闲聊几句，就应该礼貌地离开。

若朋友正在打扫房间，忙着做事，没法招待你时，就应站在门口，寒暄几句，尽快告辞，以免主人为难。

谈话的内容可以是天南海北地聊天，也可以比较认真地就某个问题发表见解，但谈话内容不要涉及朋友隐私，或提到朋友不愿提到的问题。反过来，你可以提些关心朋友心理的问题，这样大家都有兴趣来谈这个问题，气氛就会比较和谐。

以德报怨，方能赢得人心

把敌人变成朋友，远比简单的宽恕敌人要高明得多。减少一个敌人，我们会放下一袋仇恨的垃圾，减少一份敌对的阻力；增加一个朋友，我们就能收获一份友谊，得到更多帮助。而化敌为友，无疑是一种双重的利好。

战国时，梁国与楚国相界，两国在边境上各设界亭，亭卒们也都在各自的地界里种了西瓜。梁亭的亭卒勤劳，瓜秧长势极好，而楚亭的亭卒懒惰，瓜秧又瘦又弱，与对面瓜田的长势简直不能相比。楚亭的人觉得失了面子，有一天夜里偷跑过去把梁亭的瓜秧全给扯断了。

梁亭的人在次日面对满目狼藉的瓜田，气愤难平，连忙报告给边县的县令宋就，请求县令组织人力去扯楚亭的瓜秧。宋就说："他们这样做真的太卑鄙了！不过，既然我们不愿他们扯我们的瓜秧，为什么我们要反过去扯他们的瓜秧呢？别人做得不对，我们再跟着学，那就太狭隘了。你们听我的话，从今天起，每天晚上去给他们的瓜秧浇水，让他们的瓜秧长得好。而且，你们这样做，一定不可以让他们知道。"

梁亭的人听了宋就的话后，勉强地答应了并照办。楚亭的人在不久后，发现自己的瓜秧长势一天好似一天。他们感到奇怪，便暗中观察，发现居然是梁亭的人在黑夜里悄悄为他们浇水。楚亭人羞愧难当，将此事报告楚国边县的县令。楚县令听后感到十分惭愧又十分敬佩，又把这件事报告了楚王。楚王听说后，也感于梁国人修睦边邻的诚心，特备重礼送梁王，既以示自责，亦以示酬谢。结果，这一对敌国成了友好的邻邦。

老子在《道德经》中云："是以圣人去甚、去奢、去泰。"大意是：因此品德高尚的人要去掉极端的、奢侈的、过分的东西。老子看问题总是那么深刻、那么透彻：越是雄心勃勃、耀武扬威欲取天下者，越是得不到天下。只有能够以德服人、以德报怨，才能够得人心，进而得天下。

楚庄王有一次设晚宴招待群臣，忽然蜡烛燃尽熄灭了，竟然有一位色胆包天的大臣趁暗中混乱，拉扯劝酒的王妃衣袖，结果被王妃扯掉了帽缨。楚庄王听了王妃的申诉，并没有想追查那拉王妃衣袖的人，而且为了给这个人台阶下，他让群臣趁蜡烛尚未点燃，肇事者身份不明之时，全部摘去帽缨，从而保全了这位大臣。此种宽厚，怎能不叫当事者感激涕零？

后来在楚国进攻郑国的战役中，有一位战将表现甚为勇猛，楚庄王感到奇怪，因为自己对这名大臣并非十分宠爱，他怎么会这样为自己卖命呢？后来经询问才知，此人就是那位被扯去帽缨者。他十分感激当初楚庄王不追究调戏王妃之事，为了报恩，所以奋不顾身地杀敌，为国效劳，以此为回报。

看来，宽厚是最能赢得人心的，楚庄王"以德报怨"，那位战将又"以德报德"的故事，千百年来被传为佳话，也使得楚庄王名传千古，人人称颂。

在现代社会中，"以德报怨"仍然发挥着巨大的、不可替代的作用。李·邓纳姆成功地在犯罪猖獗的哈莱姆黑人住宅区经营起了麦当劳，"以德报怨"的做事方式起到了关键性的作用。

以上几个事例让我们明白一个恒久不变的真理：从古至今，凡是胸襟宽大者、有大家风范者，都能够对人"以德报怨"。这样做，从眼前来看，似乎有"忍气吞声"的嫌疑。不过，从长久的利益来看，这样做的好处就太大了。能够"以德报怨"的人，才能够得人之心，才能够成大事、得天下。

别让交友不慎害了你

一只虱子常年住在富人的床铺上，由于它吸血的动作缓慢轻柔，富人一直没有发现它。一天，跳蚤拜访虱子。虱子对跳蚤的性情、来访目的、能否对己不利，一概不闻不问，只是一味地表示欢迎。它还主动向跳蚤介绍说："这个富人的血是香甜的，床铺是柔软的，今晚你可以饱餐一顿！"说得跳蚤口水直流，恨不得天马上黑下来。

当富人进入梦乡时，早已迫不及待的跳蚤立即跳到他身上，狠狠地叮了他一口。富人从梦中被咬醒，愤怒地令仆人搜查。伶俐的跳蚤跳走了，慢慢腾腾的虱子成了不速之客的替罪羊。虱子到死也不知道引起这场灾祸的根源。

因此，在选择朋友时，你要努力与那些乐观积极、富于进取心、品格高尚和有才能的人交往，这样才能保证你拥有一个良好的生存环境，获得好的精神食粮以及朋友的真诚帮助。这正是孔子所说的"无友不如己者"的意思。

相反，如果你择友不慎，恰恰结交了那些思想消极、品格低下、行为恶劣的人，你会陷入这种恶劣的环境难以自拔，甚至受到"贼友"的连累，成为无辜受难的"虱子"。

哪些人是你应该远离的呢？

1. 志不同道不合的人

真正的朋友，需有共同的理想和抱负、共同的奋斗目标，这是两人结交的基础，如果两人在这些方面相差极大，志不同道不合，是很难有相同话题的，人的兴趣也必然不同，这样两人在交往时只能互相容忍，无法互相欣赏，因此容易造成矛盾。

2. 有悖人情的人

亲情、爱情都是人之常情，如果一个人的行为显示出他在人之常情中处事的态度十分恶劣，那么这种人是不能交往的。这种人往往极端自私，为达目的不择手段，并惯于过河拆桥、落井下石，因此，对这种人要保持距离。

3. 势利小人

如果某人是非常势利、见利忘义的那种小人，这种人不合适作为朋友。

势利小人的一个通病是：在你得势时，他锦上添花；当你失势时，他落井下石。他不懂得什么是真诚，他只知道什么是权势。因此，这种人不能交往。

4. 两面三刀的人

有的人惯于表面一套，背后一套，对这样的人应该小心对待，更别说跟他交朋友了。

《红楼梦》里的王熙凤，被人称为"明里一盆火，暗里一把刀"，表面上对尤二姐客套亲切，背地里却置之于死地，与这样的人交往时，应多注意他周围的人对他的反映，与这样的人在短期交往中很难发现这种性格特征，但接触时间长了便会清楚了解。

5. 酒肉朋友

有酒有肉多朋友，急难何曾见一人。古人最不屑这种建立在吃喝之上的朋友关系，而许多现代人却恰恰以此为荣。

酒宴只是交友的一种途径，交友的途径是很多的，街中偶遇可以结交一个挚友，邻座而识也能成就友谊，甚至仇人相斗也能不打不相识而打出友谊。举酒相敬只是中国人最传统的一种交友方式，在吃喝的过程中相互了解，在此过程中能展现自我、坦诚相待，给人一个较为真实、诚恳、有才华的形象，有时也能在三杯两盏淡酒后聊出情义。但如果仅是一味以酒相邀，以为让对方吃饱喝足方显我诚心诚意，或者喝得我倒在你面前才表我心诚意切，这不会有多少人会真正以你为友，最多只会在三日不见肉味时才会想起你。酒肉可以帮助我们结识朋友，但仅靠酒肉维系的肯定不是真朋友。

第五章
今朝最可贵，拥有当珍惜

我们总是在憧憬未来，怀念过去，却忽视现在的美好。未来的似乎遥不可及，过去的却已经成为永久的过去。我们能够把握的反而是常被我们忽视的现在，因而只有现在才是最真实的。无数的事实，都在向我们陈述：今朝最可贵，拥有当珍惜。

把握当下每一寸光阴

人生是一张单程票，过去了就永远无法回头，所以，请把握当下的每一寸光阴。请你珍惜人生的每一天、每一刻、每一个瞬间！把你人生的每一秒过成永恒的辉煌！

因为，人生没有草稿纸，没有涂改液，而生活也不会给我们打草稿的机会，更不会让我们有重新来过的机会。所以，请把握好现在，认真地对待现在；珍惜你的拥有，留住现在的美好。

人生是一条直行线，只能往前，不能拐弯或者回头，就像一条封闭的单行道。在人生的这条单行道上，过去的不会再次出现，失去的也无法重新拥有，与你擦肩而过的风景也不会与你再相逢，这就是人生最为无情的一面：人生只有一次，走过就无法回头。

在人生的这条单行道上，一般而言，既宽且堵，宽是自由选择的象征，堵是命运多舛的暗喻。有的时候你能在这条宽阔的路上自由地行驶，有的时候却被堵得无法动弹。然而是宽是堵，是顺畅还是停滞，你都只能沿着这条道路向前行驶，无法掉头。

既然人生不能掉头，不能重新开始，那么，我们就应该珍惜现在，珍惜我们的所有。让每一分、每一秒都过得十分的有意义。

汤姆·奥斯丁是一位名医，他越来越多地接触到因烦恼和忧虑而生病的人，他们总是因为过于烦恼以前和忧虑未来，长期闷闷不乐，毁坏了健康。为了更彻底地医疗好这些人的病，他给病人们开了一个简单却有效的方子："每一个刹那都是唯一"，意思是说：我们活在今天，只要做好今天的事就好了，无须担忧明天或后天的事；我们活在此刻，就要好好珍惜此刻的时光，因为每一个瞬间都是独一无二的。

他说："无限珍惜此刻和今天，还有什么事情值得我们去担心呢？每天只要活到就寝的时间就够了，往往不知抗拒烦恼的人总是英年早逝。"

的确如此，如果每天都处于忧虑中，身体就像一根绳子般，拉来拉去，迟早会拉断。如果每天都在担忧未来，痛忆过去，我们怎么能享受现在呢？

既然我们的人生不可以重来，就请用你的眼睛摄下每一瞬间的精彩，用肢体感受全部的美好，别让生命留下遗憾。

在做任何事情的时候都要全身心地去做。当我们吃的时候，要全然地吃；当我们玩乐的时候，要全然地玩乐；当我们爱上对方的时候，要全然地去爱。不计较过去，不算计未来，全然地投入，全然地享受。

就像《飘》的女主角郝思嘉一样，在烦恼的时刻总是对自己说，"现在我不要想这些，等明天再说，毕竟，明天又是新的一天。"昨天已过，明天尚未到来，想那么多干吗，过好此刻才最真实，否则，此刻即将消失的时光，要到哪里去找？

虽然，郝思嘉是小说里的人物，但是，她的理念和思想却是和我们的现实生活是相通的。

利明小时候跟外祖母长大，在读小学的时候，他的外祖母过世了。因为外祖母生前最疼爱他，小家伙无法排除自己的忧伤，每天茶不思饭不想，也没有心思学习，整天沉浸在痛苦之中。周围的人都说他是个懂感情的好孩子，他的父母却很着急，因为，一天两天的伤悲是正常，一周两周的伤悲也可以理解，但大半年都过去了，他还时时哭泣，不肯好好吃饭和学习，他的行为严重影响了他的正常生活。

虽然他的爸爸妈妈很着急，却不知道如何安慰他。有一次他的老师来到他家家访，看到此情形，决定要和小男孩聊聊天，帮助这个小男孩。

"你为什么这么伤心呢？"老师问他。

"因为外祖母永远不会回来了。"他回答。

"那你还知道什么永远不会回来了吗？"老师问。

"嗯——不知道。还有什么永远不会回来呢？"他答不上来，反问着。

"所有时间里的事物，过去了就永远不会回来了。就像你的昨天过去了，它就永远变成昨天，以后我们也无法再回到昨天弥补什么了；就像爸爸以前也和你一样小，如果他在这么小的童年时不愉快玩耍，不牢牢打好学习基础，就再也无法回去重新来一回了；就像今天的太阳即将落下去，如果我们错过了今天的太阳，就再也找不回原来的了。"

利明明白了老师所说的道理。从此之后，每天放学回家，在家里的庭院里面看着太阳一寸一寸地沉到地平线以下，就知道一天真的过完了，虽然明天还会有新的太阳，但永远不会有今天的太阳，他懂得不再为过去的事情而沉溺，而是好好学习和生活，把握住现在的每一个瞬间。他也顺利从失去外祖母的痛苦里走了出来，健康快乐地成长着。

是啊，每一天的太阳都是新鲜的，每一个刹那都是唯一的。过去了就无法再回头。所以我们需要格外珍惜人生的每一时刻。

"现在"是你唯一能拥有的

请学会享有我们现在所有的安乐、幸福，不要遗憾那些我们得不到的事物。不必为那些失去的、得不到的东西而伤怀感伤，因为得不到的东西不一定是好的，而你得到的、你所拥有的才会构成你的幸福！

你是不是会为那些你曾经得不到的事物遗憾、懊恼、惆怅？其实，得到，或者得不到，是很现实的结果，但这个结果，却能直接影响人的心境和前进的脚步。

然而，人们往往却容易为那些得不到的事物遗憾、感伤，认为那些得不到的都是最好的，而对于自己已经得到的，却不知珍惜。

笼中的老虎羡慕着在野地里的老虎，可以自由自在。在野地里的老虎，向往着三餐无忧。这两只老虎，都认为得不到的东西就是好的。

然而，把笼中的老虎，放到野地里。把野地里的老虎，放到笼中。结果，它们都会死。因为，习惯了的生活，就很难再改。后悔也来不及！

所以，无论东西也好，人也罢，喜欢却不能拥有，与其让自己负累，倒不如放轻松地面对，努力了，尝试了，也不能挽回他擦肩而过的远去的脚步，那就试着用平静的心、微笑的目光送他远离，无须为错过的、未曾得到的扼腕叹息、流连其中，因为手中总有值得我们呵护珍惜的，远方总有值得我们追求的！

小孩子最美妙的一点，就是他们会完全沉浸于现在的片刻里。不论是观察甲虫、画画、筑沙堡或从事任何活动，他们都能做到全神贯注。

高中生会想："有朝一日，我毕了业，不必再听老师的教训，日子就好过了！"他毕业之后，又觉得必须离开家才能找到真正的快乐。离家进入大学后，他又暗下决定："拿到学位就好了！"好不容易领到文凭，这时他却又发现，快乐要等找到工作才能实现。

他找了份工作，从基层干起。不消说，快乐还轮不到他。一年一年过去了，他不断把获得快乐和心灵平静的日期往后挪，一直到退休……最后在享受至高无上的快乐之前，他却去世了。他把所有的现在都用于计划一个永远没有实现的美好未来。

你听了这样的故事，会觉得心有戚戚焉吗？你认识一些永远把快乐留到未来的人吗？快乐的秘密，说穿了很简单，你的生活必须以现在为中心，我们要在生命的旅途中享受快乐，而不是把它留到终点才享用。

活在当下，也就是我们要从现在从事的每件工作本身找到乐趣，而不只是期待它最后的结果。如果你正在家中写作业，你的每一笔，都该令你感到愉快。你该享受拂面的清风，听院中小鸟歌唱，以及周遭的一切。

马克·吐温曾说，他一生中经过一些可怕的时光，其中一部分甚至是真实的！这话确是实情。我们往往心中为尚未发生的事烦恼不已，受尽折磨，但如果细看唯一属于我们的现在这一刻，我们会发现，根本没什么大不了的问题！

为拥有而骄傲，发现身边的幸福

珍惜现在的拥有，其实并非安于现状自我陶醉，而是要有一份执着。不要等到我们想闻花香时，已是冰天雪地；不要等到想与青春共舞时，已白发苍苍，那样的人生充满了悔恨的泪水。时光不会倒流，这样只会给我们的人生留下深深的遗憾。

人类的眼睛似乎更愿意关注那些我们得不到的事物，忽视自己所拥有的。丰子恺曾说过："自然的命令何其严重：夏天不由你不爱风，冬天不由你不爱日。自然的命令又何其滑稽：在夏天定要你赞颂冬天所诅咒的，在冬天定要你诅咒夏天所赞颂的！是啊，这样的感觉几乎人人都有。"人类似乎总是缺乏发现身边幸福的能力。

有一个魔法师，他时常帮助人，希望能感受到幸福的味道。

有一天，他遇见一个农夫，农夫看上去非常烦恼，他向天使诉说："我家的水牛刚死了，没它帮忙犁田，那我怎能下田工作呢？"于是魔法师赐给他一只健壮的水牛，农夫很高兴，魔法师在他身上感受到幸福的味道。

又有一天，他遇见一个男人，男人非常沮丧，他向魔法师诉说："我的钱都被骗光了，没有盘缠回乡。"于是魔法师送给他银两做路费，男人很高兴，魔法师在他身上感受到了幸福的味道。

又一日，他遇见一个诗人，诗人年轻、英俊、有才华而且富有，妻子貌美又温柔，但他却过得不快乐。魔法师问他："你不快乐吗？我能帮你吗？"诗人对他说："我什么都有，只欠一样东西，你能够给我吗？"魔法师回答说："可以！你要什么我都可以给你。"诗人直直地望着天使："我想要的是幸福。"

这下子把魔法师难倒了，他想了想，说："我明白了。"

他打算把诗人所拥有的都拿走。魔法师拿走诗人的才华，毁去他的容貌，夺去他的财产和他妻子的性命，做完这些事后，他便离去了。

一个月后，魔法师再回到诗人的身边，他那时饿得半死，衣衫褴褛地躺在地上挣扎。于是，魔法师把他的一切还给他，然后，又离去了。半个月后，他再去看望诗人。这次，诗人搂着妻子，不住地向魔法师道谢，因为，他得到幸福了。

有的时候，人很奇怪，每每要到失去后，才懂得珍惜。其实，幸福早就放在你的面前，只是你没有用心发现身边的幸福：肚子饿坏的时候，有一碗热腾腾的面放在你眼前，是幸福。累得半死的时候，躺上软软的床，也是幸福。哭得要命的时候，旁边温柔地递来一张纸巾，更是幸福。

幸福很简单，只要珍惜自己的拥有，为自己拥有的感到骄傲，你就能发现身边的幸福，就能把握住当下的时光，享受当下的幸福，留住现在的美好。

英国民间流传着一个故事叫《约翰逊的鞋子》，说英国有一种交换鞋子的风俗习惯：你往马路上一站，摆出一种特定的姿势，表示愿意和别人换鞋子，别人愿意的话，你得出点钱贴补对方。约翰逊那天就站在十字路口和别人换鞋，换了以后，觉得仍不舒服，于是继续再换。钱一次一次也贴补了很多，直到傍晚时分才好不容易换到一双鞋，穿在脚上很舒适。回家一看，原来竟是自己穿出去的那一双。

是啊，多么有趣又多么富有哲理的故事啊！生活中，不少人常犯的一个错误就是很不在意自己已经拥有的东西，发现不了其存在的价值，把眼睛朝向外界，走不出"外来和尚好念经"的怪圈。之所以萌生自己要和别人换鞋的念头是认为自己的鞋不如别人的，没有充分认识到自己拥有的东西的价值。殊不知，适合自己的就是最好的，珍惜自己拥有的才是最聪明的。

所以，不必怀念过去，也不要期待未来，更不要羡慕他人，只要珍惜你的拥有，怀有一颗感恩的心，你就能感受到你身边的幸福。

今日事今日毕

任何事情都要从现在开始做，而不应拖到明天。虽然看起来只是相隔一天的时光，但即使是一天的光阴也不可白白浪费。

这是个竞争激烈的年代，时间代表着效率。于是，我们从小就接受"今日事今日毕"的教育。然而许多人还是喜欢把今天的事情推迟到明天去做，他们从不计划安排工作和时间，结果导致他们最终碌碌无为。

拖延是最大的敌人。失败有千万个借口，成功却只有一种理由！"等会儿再做""明天再说"这种"明日复明日"的拖延循环会彻底粉碎制订好的全盘工作计划，并且对自信心产生极大的动摇。

成功者总是想方设法保持着日清日高的习惯，决不把任务留到明天。也正因为如此，他们才能完成别人完成不了的任务，获得成功。

"不要往后拖延，把帽子扔过栅栏。"这是父亲在丹尼斯小时候常常教导他的话，意思是：当你面对一道难以翻越的栅栏并准备退缩时，先把帽子扔到栅栏的另一边，这样，你就不得不强迫自己想尽一切办法越过这道栅栏，而且不管你多么忙，你都会立即安排时间来做这件事。

丹尼斯的父亲出生在美国一个距离堪萨斯州 100 英里的小镇。在 20 岁时，他离开了家庭和亲友来到堪萨斯州讨生活。当时他除了拥有一条小船外，一无所有。工作很难找，而他还要填饱肚子。在跑了几天仍然一无所获的情况下，他想到了放弃，他想乘自己的小船再回到 100 英里之外的家乡。但是，那样的话，自己就必须回到早已厌倦的贫困生活之中，不但不能够帮助家人，而且还要让家人为自己操心。于是他决定留下来，为了能够维持生存，也为了断绝自己再想回家的念头，他卖掉了自己的小船，用那一点点钱维持着自己艰难的生活。这下，他没有了退路，只能前进了。

不久，他终于找到了一份工作。尽管收入很微薄，但是他终于能够在堪萨斯州站住脚了。后来，因为一次偶然的机会，他跻身中产阶级行列。他告诉丹尼斯，如果你没有为一件事情安排时间，就把自己逼到绝境。在不得不做的时候，你只有一个选择，那就是马上动手去做。

在生活中我们总有一些早就应该去做却一直拖着没去做的事情，尽管这些事情已经影响了我们的生活，但我们总是有一个借口：没有时间，以后再做。其实，这些想做的事，如果你马上动手去做，你的生活就会变得豁然开朗。

生命中总有很多东西等待我们去学习和实践，但我们常常对自己说：明天我就开始运动，保持一个好的身材和身体；下周我要找个时间出去散散心，摆脱现在的困顿状态；退休后，我要开始学习画画和舞蹈，弥补我现在无法做到的生活……但在明日复明日的蹉跎中，我们依然一事无成。

所以，从现在起就下定决心、洗心革面。拿起笔来，将底下对你最有用的建议画条线，并且把这些建议写到另一张纸上，再将它放在你触目可及的地方，这样有助于你马上行动。

1.列出你立即可做的事。从最简单、用很少的时间就可完成的事开始。

2.持续5分钟的热度。要求自己针对已经拖延的事项不间断地做5分钟，把闹钟设定每5分钟响一次；然后，着手利用这5分钟；时间到时，停下来休息一下，这时，可以做个深呼吸，喝口咖啡，之后，欣赏一下自己这5分钟的成绩。接下来重复这个过程，直到你不需要闹钟为止。

3.运用切香肠的技巧。所谓切香肠的技巧，就是不要一次吃完整条香肠，最好是把它切成小片，小口小口地慢慢品尝。同样的道理也可以适用在你的工作上：先把工作分成几个小部分，分别详列在纸上，然后把每一部分再细分为几个步骤，使得每一个步骤都可在一个工作日之内完成。每次开始一个新的步骤时，不到完成，绝不离开工作区域。如果一定要中断的话，最好是在工作告一个段落时，使得工作容易衔接。不论你是完成一个步骤，或暂时中断工作，记住要对已完成的工作给自己一些奖励。

4.把工作的情况告诉别人。让关心这份工作的人知道你的进度和预定完成的期限。注意"预定"这个词汇，你要避免用类似"打算""希望"或"应该"等字眼来说明你的进度。因为这些字眼表示，就算你失败了，也不要别人为你沮丧。告诉别人的同时，除了会让你更能感受到期限的压力外，还能让你有听听别人看法的机会。

5.在行事历上记下所有的工作日期。把开始日、预定完成日期，还有其间各阶段的完成期限记下来。不要忘了切香肠的原则：

分成小步骤来完成。一方面能减轻压力，另一方面还能保留推动你前进的适当压力。

6. 保持清醒。你以为闲着没事会很轻松吗？其实，这是相当累人的一种折磨。不论他们每天多么努力地决定重新开始，也不管他们用多少方法来逃避责任，该做的事还是得做，压力不会无故消失。事实上，随着完成期限的迫近，压力反而与日俱增。所以，你千万不要拖拉，把今天的事留给明天去做，那样只会让你有更大的压力。

不要再为自己找借口蹉跎岁月了，从现在开始，日清日高，不把任务留到明天，这样你才能品味生活的美好。

第六章
预见未来，创造未来

不是不够努力，也不是不够坚持，而是最好的还没有到来。任何事情最后都会有一个好结局，如果结局不好，那是因为还没有结束。如果一直抱有这样的信念，整个人生也真的会因此变得亮堂起来！

成功由你自己决定

有位哲人说："等待是一剂毒药，慢慢地品尝或许没什么味道，可是有一天它毒性发作，你便不知如何是好。"一味等待，是对自己心理的麻痹，是对自己生命的消耗。

在这个世界上，有很多事情是可以等待的。当黑暗的时候，你不能要求黎明马上来临，你只能等待，等待太阳的升起；当失败来临的时候，你不能要求成功之神马上降临，这时候，你还能等待吗？等待成功的机会来到自己的面前吗？

过去的已经过去，将来的日子我们无法掌控，所以，该努力的，我们抓紧努力。不要总是以为我们有大把的时间可以"等"。

等待，是在跟时间竞赛，是在煎熬中生活，是在跟自己的生命做对。一个人一旦习惯了等待，是非常可怕的，等待自己的长大，等待幸福之神的降临，等待好机遇的到来，等待好日子的"造访"，等待……这样的等待，会让人懒散，就像一剂毒药，千万不可尝试。

生活不能等待，等待的结果只会是一场空。人生中有很多的偶然，但人并不总是在偶然中生活。

曾有这样一个的故事，道出了等待的可怕。

一个探险队在森林里看到一位农夫一直坐在树桩上。于是上前打招呼："老人家，您干吗一直坐在这儿？"农夫回答道："我在等，等待一场地震把土豆从地里翻出来。"

"这能等到吗？连气象人员有时候都不能预测到的，您曾经等到过吗？"

"有一次我砍树时，风雨大作，刮倒了许多参天大树，省了我不少力气。"

"您真是幸运！"

"您可说对了，还有一次，闪电把我准备焚烧的干草给点着了！"

"所以现在……"

故事中的农夫和那个守株待兔的农夫如出一辙，靠"等"来收获成果，简直是痴人说梦。只有放弃这种思想，靠自己的努力，才能掌握自己的命运。

在一场拳王争霸赛上，两名拳击手正为了争夺拳王的地位进行着最后的较量。拿以前的战绩来比较，两个人势均力敌。但是，比赛一开始，就出现了一边倒的局面。其中一名选手被对手打得毫无还手之力，只能消极地防守。第一回合结束了，面对教练员，他不等教练询问，便主动解释自己的战术思想，说自己一直在等待对手出现失误，然后给予其致命一击。

在此后的几个回合中，他一直坚守自己的战略思想，等待着合适的时机，但面对对手的疯狂进攻，他只能全力防守，根本找不到对手的破绽。

终于，在最后一个回合中，教练实在看不下去了，直接对他吼道："你到底想夺得拳王金腰带，还是想角逐诺贝尔和平奖？"

也许那个拳击手的战术思想是对的，但面对对手的疯狂进攻，这样做无异于放弃了拳王宝座！

当今社会处处充满了竞争，机遇对每个人来说都是极为重要的。合适的时机随时存在，但它却很少青睐那些只知道等待的人。机会需要人们去寻找，去创造，等待是不可取的，等来的结果只是黄粱一梦。天上不会掉馅饼，幸福永远不会属于那些只知道等待的人。

什么是成功？什么样的人是成功的人？

成功需要人们通过行动达到预期的愿望和目标，其内涵在于进取、突破和发展。

成功的人就是今天比昨天富有智慧的人，今天比昨天更慈悲的人，今天比昨天更懂得爱的人，今天比昨天更懂得生活的美的人，今天比昨天更懂得宽容的人。

美国未来学家尼葛洛庞帝说："预见未来的最好办法就是创造未来。"

想要成功的人靠的不是一味地空想，不是"执着"地等待，而是靠创造和行动，更重要的还是靠自己。

在21世纪，成功不但要比资本，还要比远见、智慧、修养，人的素质已成为成功的根本因素。也就是说，在新的时代，成功要取决于一个人设定的人生目标，取决于他的人生智慧，取决于他的全面修养。善于发现自我、活化自我、完善自我、超越自我的人，必然是未来的成功者。

在英国的利物浦市，有个叫科莱特的青年考入了美国哈佛大学。在大学期间，有个美国小伙子常和他坐在一起听课。

在大二的那一年，这位小伙子和科莱特商议，一起退学，去开发32Bit财务软件，因为新编教科书中，已解决了进位制路径转换问题。当时，科莱特感到十分惊讶，他到这儿来是为了求学，可不是玩的。再说，对于 Bit 系统，教授也只是略懂一点儿，不学完整个课程是不可能进行开发的。因此，他婉言谢绝了那位美国小伙子的邀请。

十年后，科莱特已经从哈佛大学毕业，而且成为计算机系 Bit 方面的博士研究生。那位退学的小伙子也在同一年进入了美国《福布斯》杂志亿万富翁排行榜。在科莱特攻读博士后，那位美国小伙子的个人资产，在当年仅次于华尔街大亨巴菲特，达到 65 亿美元，成为美国第二富翁。

在科莱特认为自己已具备了足够的学识，可以研究和开发 32Bit 财务软件的时候，那位小伙子已经绕过 Bit 系统，开发出了 Eip 财务软件，它比 Bit 快 1500 倍，并且在两周内占领了全球市场，这一年他成了世界首富。一个代表着成功和财富的名字——比尔·盖茨也随之传遍全球的每一个角落。

这位闻名世界的首富，就是靠着自己的智慧和行动，走上了成功的道路。人的命运如掌纹，弯弯曲曲，却握在我们自己的手中，但不可坐以待毙，等待上天的安排。

你是自己的发动机，你让自己变得非常有力量，和别人不一样。有些事，完全取决于你自己的心态，你自己的态度。成功要靠自己，自己的事必须自己做。从现在开始，立即行动，相信自己，成功由你自己决定。

迈出第一步的勇气

成功属于谁？属于那些充满自信、锲而不舍的追求者。他们永远全身心地投入，永远保持着高度的热忱。当然，要做到不屈不挠并不容易，人人都有脆弱的时候，没有必要永远硬着头皮保持一副硬汉形象。有时候，你的理想会显得那么遥不可及，或是看上去只是一个无法实现的幻想。原因很可能是你自己太急于求成了。这时不妨放慢节奏，循序渐进。成功人士往往比别人先行一步，日积月累，他们的身后便留下一串超越常人的、值得骄傲的业绩。懂得了这个道理，才会成功。

有一个人想到普陀寺朝拜，一偿夙愿。

可是他距离普陀寺有数千里之遥。一路之上，不仅要跋山涉水，还要时时提防豺狼虎豹的攻击。

启程之前，徒众都劝他："这里距普陀山数千里，到达之日遥遥无期，还是放弃这个念头吧。"

这个人肃然道："我距普陀寺只有两步之遥，各位为何说到达之日遥遥无期呢？"

众人茫然不解。

这个人解释道："我先行一步，然后再行一步，也就到达了。"

是啊，无论做什么事情，只要你先走出一步，然后再走出一步，如此循环，就会逐渐靠近心目中的目标了。如果连迈出第一步的勇气都没有，那还谈什么成功呢？

有位名人曾这样说："成功取决于我们是否敢于迈出第一步。"第一步是重要的，敢于迈出人生的第一步，你学会了走路；敢于迈上社会的第一步，你学会了处事、交际。可是，想要自己的人生光彩照人，就要敢想敢做，敢走出第一步。如果你想比别人成功，就必须付出别人不能付出的艰辛和恒心，每天空想着自己要比别人强，要比别人成功，而不付诸行动，注定一事无成。

从现在开始，坚定你的理想，开始行动，迈出走向成功的第一步。

你有想过如何迈出成功的第一步吗？每个人都希望自己是一个成功者，那么成功者的足迹都是成功的吗？那未必。很多成功人士的第一步都是从失败开始的。

而正是第一次的失败，让很多人对成功望而却步，不敢再迈出第二步。殊不知，你的下一步就可能是成功。

有两个兄弟，都想走向成功之路。有一天，他们遇到了时间老人，请时间老人为他们指明一条通向成功的道路。时间老人给他们指明后，就消失了。

两兄弟异常高兴，回到家后，他们准备了一些干粮、水和衣服，就踏上了这条路。刚开始，两人走得很轻松，都认为想要成功并不是很难。可是，第二天就下起了雨。然而，两人想要成功的心情很迫切，都没有避雨，而是继续赶路了。由于下雨，路开始变得泥泞光滑。两兄弟时不时摔跤跌倒。

走着走着，老大摔倒的次数越来越多了。而老二摔了几次之后，就再也没摔倒过。

就这样，老二走进了成功的殿堂，老大还在成功之路的途中跋涉。老二回来后，老大问："老二，你为什么先成功了？我们走的是同一条路呀！"老二说："没什么，我摔倒了爬起来之后，没有急匆匆地继续赶路，而是先思考总结自己为什么会摔倒，以后怎样才能不摔倒。"老大听了，后悔极了：自己摔倒爬起来之后，总是急匆匆地赶路，总以为这样会快点走进成功的殿堂，可结果却适得其反。

这个故事简单，但道理深刻。每个人都想走上成功的道路，因此都必须跨出第一步来。第一步是成功也好，是失败也罢，都需要摆正自己的心态，因为只有迈出第一步才会有第二步的到来，才有成功的到来。

尽管每一次的成功和收获，都要通过大量的努力和代价来实现，如果你害怕失败而不敢迎接挑战，那么你的斗志是不是就没有了呢？我们不应该碰到困难就不敢再向前，更不能想到种种困难就迟迟不敢迈步。每个人都有着自己的远大抱负，但慢慢地他们的这种心就消退了，这是因为他们在自己内心深处设下层层阻碍，考虑了很多失败的后果，却忽略了那些成功后的成绩。

因此，明确了方向，确定了目标，就应该用实际行动去追求你的理想和目标。

一个专门以大型动物为目标的猎人遭遇了一只雄伟的孟加拉虎。由于那只老虎就在眼前，猎人忙不迭开了一枪，不过打偏了。庆幸的是，老虎对着猎人扑过来时，竟也跳过了头，一下扑了个空。

猎人返回扎营的地点后，开始练习短距离射击——他不想因为毫无准备而丢掉一条命。

隔天，当他回到森林时，第一眼看到的仍是那只老虎。它正在练习短距离扑击。

　　人的成功要经历一个过程，绝非一蹴而就的事情。它需要我们付出很多琐碎的努力。在这个过程中，你必须依靠日积月累的办法，最终，这些琐碎的努力才会像涓涓细流汇聚为势不可当的汹涌波涛，而且有的时候，成功的到来比你预计得要早。

从改变自己开始

　　成功不是追求得来的，而是被改变后的自己吸引来的。突破自己固有的想法，靠自己拯救自己，用创新的眼光来看待这个世界，才是获得成功和快乐的新视角。一条大河起初弯弯曲曲地在山区奔涌，当它改变自己的运动方向后才能自由地奔向浩瀚的大海，大河无法改变蓝天、风雨和山地，但它们勇敢地改变了自己，走向了辉煌。

　　由此可见，改变自己是如此的重要。要成功，那就从改变自己开始吧。

　　每个人的内心都有一扇只能由内开启的改变之门，这扇门从外面是推不开的，只能由内向外推。如果你不愿意打开这扇门，不论谁在外面动之以情，晓之以理，一切还是无效。想要改变自己，就要改变自己的这颗内心，更要深刻地领悟到"改变"的本质和意蕴。

　　有一条小河从遥远的高山上流下来，经过了很多个村庄与森林，最后来到了一个沙漠。它想：我已经越过了重重的障碍，这次应该也可以越过这个沙漠吧！

　　当决定越过这个沙漠的时候，它发现河水渐渐消失在泥沙当中，它试了一次又一次，总是徒劳无功，于是它灰心了。"也许这就是我的命运了，我永远也到不了传说中那个浩瀚的大海。"它颓丧地自言自语。

这时候，四周响起了一阵低沉的声音："如果微风可以跨越沙漠，那么河流也可以。"原来这是沙漠发出的声音。小河很不服气地回答："那是因为微风可以飞过沙漠，可是我却不行。"

"因为你坚持你原来的样子，所以你永远无法跨越这个沙漠。你必须让微风带着你飞过这个沙漠，到达你的目的地。只要你愿意放弃你现在的样子，让自己蒸发到微风中。"沙漠用它低沉的声音说。

小河从来不知道有这样的事情，它无法接受这样的观念，毕竟它从未有过这样的经验，叫它放弃自己现在的样子，那么不等于是自我毁灭吗？"我怎么知道这是真的？"小河问。

"微风可以把水汽包含在它之中，然后飘过沙漠，到了适当的地点，它就会把这些水汽释放出来，于是就变成了雨水。然后这些雨水又会形成河流，继续向前进。"沙漠很有耐心地回答。

"那我还是原来的河流吗？"小河问。

"可以说是，也可以说不是。"沙漠回答，"不管你是一条河流或是看不见的水蒸气，你内在的本质从来没有改变。你会坚信你是一条河流，是因为你从来不知道自己内在的本质。"

此时小河的心中，隐隐约约地想起了自己在变成河流之前，似乎也是由微风带着自己，飞到内陆某座高山的半山腰，然后变成雨水落下，才变成今日的河流。

于是小河鼓起勇气，投入微风张开的双臂，消失在微风之中，让微风带着它，奔向它生命中的梦想。

改变是现实中的一种生存状态，人生一直处于改变之中。

其次，要明确改变的主体是自己。从幼稚到成熟是改变自己；从懦弱到勇敢是改变自己；从平凡到伟大，从拒绝到接纳，从厌恶到热爱……都是对自己的改变。

改变自己是一种成熟，一种勇气，一种修养，同时更是一种睿智。改变自己是对自我的超越，最终必将获得人生的成功；反之，不愿改变或不善于改变自己常导致失败，最终必将留下遗憾、痛苦和悔恨。

改变自己，就是对自己人生的改变。有位哲人说：改变自己的思想，可以更加自信、坚强。实际上，在人的一生中，有很多事情都是人们无法选择的，如人的身高、身材和长相，这是天生的，谁也改变不了的。

古人云：严于律己，宽以待人。人，最应该改变的是自己，只有严格地要求自己，不断地改变自己，才能让自己变得更好、更优秀、更杰出、更自信，生活的世界才有可能因此而变得更美好。

有句话说得好：要想有不同的结果，就得有不同的做事方式；要想有不同的生活世界，就得有不同的自己。

正是如此，要让事情改变，就必须先改变自己；要让事情变得更好，就必须先让自己变得更好，如果你感觉自己做事不够成功，首先检讨的也是自己，看自己有没有需要改进的地方。

有这么一句话是："要成功，一定要从改变自己开始！"

改变自己，并不是件容易的事情。但是，我们仍要坚信，经过挫折的不断洗礼，人们才能够克服挫折而改变自我，来迎接成功的人生。

中央电视台的主持人张越，可谓是家喻户晓，众人皆知。可是，又有多少人知道她成功的道路上，也有着一段艰辛的心路历程？

在她上大学的时候，常因自己的身材肥胖、长相不佳而自闭。在同学老师面前，在浪漫的玫瑰面前，她总是紧紧地关上自己的心灵之窗。甚至在面对身材苗条的女同学的时候，她害怕看见她们身上那美丽的花裙子。就这样一段时间的封闭后，她苏醒了。她决心提高自己的学识和德行。多年的努力奋斗以后，她变成了一个气质非凡的女主持人。

张越正是在自己的人生道路上，勇于改变自己，懂得改变自己，扭转了人生。我们很难改变别人，我们只能通过改变自己来影响别人；我们更不要抱怨别人，我们只有通过让自己变得更杰出来征服别人。这是一种思维方式的问题，改变别人是很困难的，即使改变了别人，你也不会有什么进步，而多反省自己，时刻提醒自己还应该做得更好，你就能够改变自己，使自己得到进步。

有时候，改变一下自己的弱点，就会发现自己的生活更加丰富多彩；有时候，改变一下自己的想法，就会发现自己变得更加自信和坚强。

请记住：成功从改变自己开始。

保持一种积极的态度

任何人做任何事，想要成功都需要积极的态度。拥有一份积极的态度，让它带领你走向成功。

请牢记一句话：积极地面对生活，成功的来临会比你想象中快得多！

成败、荣辱、福祸、得失，人生不如意事十之八九。面对挫折、苦难，我们是否能保持一份豁达的情怀，是否能保持一种积极向上的人生态度呢？

积极的心态是人人可以学到的，无论他原来的处境、气质与智力怎样。

积极的心态是我们每个人所必须具备的，它是我们迈向成功的基石。

对于一个人来说，什么是获得成功最重要的因素呢？是天时、地利、人和？还是年轻、美貌、智慧？这些都不是，最重要的是积极的态度，积极的态度是成功的开始。

积极向上的心态是工作的助跑机，一个人若想得到一份工作，85% 取决于他积极向上的心态，既然我们没有更多的、更明显的优势，那么积极的做事态度，就是我们最大的资本和优势。

卡耐基说："一个对自己的内心有完全支配能力的人，对他自己有权获得的任何其他东西也会有支配能力。当我们开始用积极的心态并把自己看成成功者时，我们就开始成功了。"

许多人，成功时很骄傲，失败时很后悔，这都是他们努力前进的绊脚石。成功时，当然有自己努力的因素在内，但还有赖于天时、地利、人和等因素。遭遇失败时，情况也是如此，事情往往不是仅仅以个人的力量可以控制的。

积极主动这个词最早是由著名心理学家维克托·弗兰克推介给大众的，其本人就是一个积极主动、永不向困难低头的典型。

弗兰克原本是一位受弗洛伊德心理学派影响颇深的决定论心理学家，但在纳粹集中营经历了一段凄惨的岁月后，他开创出了独具一格的心理学流派。

弗兰克的父母、妻子、兄弟都死于纳粹魔掌，而他本人则在纳粹集中营里受到严刑拷打。有一天，他赤身独处于囚室之中，突然有了一种全新的感受——也许，正是集中营里的恶劣环境让他猛然警醒："即使是在极端恶劣的环境里，人们也会拥有一种最后的自由，那就是选择自己的态度的自由。"

弗兰克的意思是说，一个人即使是在极端痛苦、无助的时候，依然可以自行决定他的人生态度。在最为艰苦的岁月里，弗兰克选择了积极向上的态度。他没有悲观绝望，反而在脑海中设想，自己获释以后该如何站在讲台上，把这一段痛苦的经历讲给自己的学生听。

凭着这种积极、乐观的思维方式，弗兰克在狱中不断磨炼自己的意志，让自己的心灵超越了牢笼的禁锢，在自由的天地里任意驰骋。

弗兰克在狱中发现的思维准则，正是每一个追求成功的人应具有的人生态度——积极主动。

这是一种心态，一枚助你走向成功大门的钥匙。有时候，虽然我们受环境的左右，受事情的主导，但是我们都有权利去选择我们的生活。遇到问题时，我们可以寻求帮助，或者可以独立思考。环境不好时，我们有怨天尤人的权利，但是用积极豁达的心去解决面对一切，更为重要。

许多人总是等到自己有了一种积极的感受，再去付诸行动，这些人是在本末倒置。积极行动会导致积极思维，而积极思维会导致积极的人生心态。心态是紧跟行动的，如果一个人从一种消极的心态开始，等待着感觉把自己带向行动，那他就永远成不了他想做的积极心态拥有者。

成功者总是用最积极的态度、最乐观的精神和最顽强的斗志去控制和支配自己的人生，而失败者正好相反，他们缺乏积极的态度和激情，他们的人生总是让悲观、退缩和疑虑所左右。

态度决定成败，无论情况好坏，都要抱着积极的态度，不要让沮丧取代热情。生命可以价值极高，也可以一无是处，随你怎么去选择。这个选择，决定了你人生道路上的成败。

古希腊著名数学家毕达哥拉斯到晚年时，他变得消极，反对一切新生事物，甚至命人将发现了新数——无理数的学生丢入大海。结果他的事业也走了下坡路，再没有新的成果。

积极向上，就是不以恶小而为之，不以善小而不为。积极向上，就是所做的事不仅有利于自己，也有利于他人，至少不妨害他人。积极向上，就是认定了目标执着而勤奋地去追寻。积极向上，就是不沉迷，不颓废。积极向上的人生往大了说，是推动社会进步的动力，往小了说，能让我们拥有青春的活力和健康的心态。

有三个年轻人出去打工，在同一个建筑工地上干活，小王每天按部就班地和着灰沙，回到工棚，倒头便睡；小刘每天干完手里的活儿，一有空就去看师傅们砌砖，慢慢地也拿起了瓦刀，当上了师傅的助手；小高注视着每一道工序，经常在干活之余，到各个工序打听、了解各种工序的情况，了解管理的方法、材料的价格。

两年后，小李还是在建筑工地和灰拉沙，一脸疲惫；小王当上了工地师傅，而且成了包工头；小张坐着汽车，在各个工地忙碌，他成了建筑开发商。

从同样一个村子出来，在同样一个工地打工，三个人的命运却差距巨大。这不是因为谁的条件好，也不是谁比谁聪明多少，关键是每个人对待生活的态度。只要有一种积极的态度，去行动，去面对，就会慢慢步入成功者的行列。

不要只做言语上的巨人

行动就像是一场漫长的投资，而成功则是对长期投资的一次性回报。成功始于行动，不断地追求成功，这才是生命的真谛！

俗话说得好：不要做言语上的巨人，行动上的矮子。人们不是听你说什么，而是看你做什么。行动才会有成功，不行动，再好的想法和机会都不会成功，只要你行动了，就具备了50%的成功可能。

生活中，我们随处可以见到一些"行动上的矮子"，虽然他们想法很多，但总是不见其行动，他们要不是武断地认为某件事根本不可能有结果，就是说行动的时机还没有来临。这些人只会为自己找千百种借口。

古人云：言必行，行必果。做行动上的巨人，灿烂我们的人生。

而在我们生活中，阻碍我们行动的，往往是心理上的障碍和思想中的顽石，而不是事情本来有多么的困难。如果你认为一件事情值得去做，立刻行动，不要拖延，最后你就会发现你确实能够做到。因为没有行动一切都是空谈，拖延才是让你止步不前的根本原因所在。

从前，有一户人家的花园中摆着一块大石头，宽度大约有四十厘米，高度有十厘米。到花园的人，不小心就会碰到这块大石头，不是跌倒就是擦伤。

很多次，有人建议让主人移开，可是他总是说："这块石头在这已经有很长时间了，它的体积那么大，不知道要挖到什么时候，不如走路小心一点，还可以训练你们的反应能力。"

就这样，日复一日，年复一年，这块石头留到了他的下一代。

有一天，他的孙子问他："爷爷，这块石头放这儿，让人看了不顺心，怎么不搬走它呢？"他还是这样回答："算了吧！那块大石头很重的，可以搬走的话我早就搬走了，哪会让它留到现在啊？"

小孙子不相信，带着锄头和一桶水，将整桶水倒在大石头的四周。他下定决心，即使是花上三天两夜的工夫也要把这块石头撬出来搬走。然后，小孙子用锄头把大石头四周的泥土搅松。但谁都没想到，几分钟以后他就已经把石头撬松并挖了起来，看看大小，这块石头并没有想象得那么大，人们都是被那个巨大的外表蒙骗了。

这个故事短而精悍，道理却很深奥。行动就是一切，有些事情不要只看表面给人造成的假象，就望而远之不敢靠近。

有位名人说：我们要敢于思考"不可想象的事情"，因为如果事情变得不可想象，思考就停止，行动就变得无意识。没有引发任何行动的思想都不是思想而是梦想，没有任何行动的想法都不是想法而是空谈。一味空想，而不付出行动，再美好的梦想终是黄粱一梦。

成功者努力找方法去行动，失败者拼命找借口去埋怨！想超越竞争对手，永远要投资更多的时间在思考上和行动上！

著名演讲大师齐格勒，在给某大学做演讲的时候，给学生们举了这样一个例子：

一个几厘米见方的小木块可以让停在铁轨上的火车无法动弹。你们相信吗？但是，火车一旦动起来，这小小的木块就再也挡不住它了。当它开到时速最高时，一堵厚5英尺的水泥墙也能撞穿。火车的威力变得如此强大，只在于它动起来了。

动起来的力量是无穷大的。人亦如此，当人们只是坐那空想自己的未来而不付出行动，就像火车停止了，无法动弹了，只能是白日做梦了。但是，人一旦行动起来，便会产生巨大的力量，挖掘出无限潜能。

常言道：千里之行，始于足下。在有梦想、有目标的世界里，要勇于面对困难和挫折，在它们面前，不要退缩，要行动起来。因为只有行动了才会成功。有些人后退了，是因为他们在困难面前往往拿着放大镜看，其实，去和困难斗争后才发现困难原来也不过如此。

自信让青春飞扬

自信是对自我能力和自我价值的一种肯定。在影响成功的诸要素中，自信是首要因素。有自信，才会有成功。美国作家爱默生也曾说过："自信是成功的第一秘诀。"

古人云："人不自信，谁人信之。"建立自信，应该从相信自己，赏识自我做起。相信自己，就是对自己的认可和支持。"我能行""我也会成功"。积极的自我暗示，能够激起强烈的成功欲望，在战胜困难、实现目标的过程中，表现出果敢的勇气和必胜的信念。

莎士比亚说过："自信是走向成功之路的第一步"。每个人都希望自己获得成功：读书的希望成绩优秀；演戏的希望观众赞赏；做工的希望超额完成任务。成功可能有很多种原因，但自信是最重要的因素。

一位哲人说得好："谁拥有了自信，谁就成功了一半。"

信心是成功的秘诀，拿破仑曾经说过："我成功，是因为我志在成功。"

在每一个成功者背后，都有一股巨大的力量，在支持和推动着他们不断向自己的目标迈进。我们可以发现：信心的力量在成功者的足迹中起着决定性的作用。

著名电视主持人王小丫有这样一次经历。在一场全国性的律师辩论大赛中，王小丫前去采访一位著名的大律师。走到律师跟前，王小丫很自然地坐了下去，没想到椅子没放好，"噌"地一下，她一屁股坐到地上去了，全场哄堂大笑。

　　当时王小丫真的很尴尬。但没办法，自己摔倒就自己爬起来。她调侃着说："我摔得太不漂亮了，下次摔我一定要注意姿势。"接着，王小丫就若无其事地笑着，开始了采访。

　　事后，王小丫告诉大家："自信，有时需要学会自我解嘲。"其实，王小丫的自嘲恰恰表现了她的自信。

　　诗圣杜甫告诉我们，自信是"会当凌绝顶，一览众山小"的气魄；诗仙李白告诉我们，自信是"天生我材必有用，千金散尽还复来"的豪情。只有拥有自信，我们才能无畏恐惧，迎来成功的曙光。

　　自信是一个人的生命之剑，它可以劈开任何一块挡在人生道路上的巨石，所以说拥有了自信就拥有了成功的一半，而另一半是要靠我们刻苦的努力。人生尽管有一千个理由让我们哭泣，但也有一千零一个理由令我们欢喜。不管前途有多么渺茫，有多么坎坷，我们只要走好脚下的每一步，为自己的人生打好坚实的基础，生命就会绚丽多彩。

　　居里夫人有句名言："我们应该有恒心，尤其要有自信心。"

　　20世纪60年代，一个混血男孩出生在美国夏威夷的檀香山，他的父亲是肯尼亚人，母亲来自美国的一个中产家庭。男孩长大后就读于夏威夷一家私立精英小学，因为肤色问题的困扰，他在班上少言寡语。每当老师提问时，他的双腿就开始不停颤抖，说话也变得吞吞吐吐。老师无奈地告诉男孩的母亲，这个孩子没有自信心，将来不会有什么出息了。

男孩的母亲并不认同老师的观点，她为男孩找了一份差事——课余时间在街区里挨家挨户订报纸。在母亲的鼓励下，男孩勇敢地迈出了第一步。他敲开了邻居家的门，努力地与他们沟通，征订报纸出人意料的顺利，几个邻居都成了他忠实的订户。有了挣"第一桶金"的经历，男孩从此说话不再结巴了，他从一个街区走到另一个街区，自信地敲开一家又一家的大门，订单也与日俱增，他第一次享受到了成功的喜悦。

多年以后，男孩才知道，他童年时获得的"第一桶金"隐藏着深深的母爱。原来，母亲早就安排好了，她自己出钱请邻居们订报纸，目的就是给儿子一份自信。成功后的他握住母亲的手，任凭泪水肆意地奔流。是童年那份宝贵的自信让他一步步地走下来，成为美国首位非裔总统。他就是贝拉克·侯赛因·奥巴马。

自信心可以创造奇迹，自信可以使一个人的才干取之不尽，用之不竭，从而成为事业成功的坚强基石。

古往今来，许多人之所以失败，究其原因，不是因为无能，而是因为不自信。自信，使不可能成为可能，使可能成为现实。不自信，使可以变成不可能，使不可能变成毫无希望。

成功就藏在拐角后

坚持不懈，要的是恒心和毅力。就像去一个遥远的圣地，道路是崎岖而漫长的，更隐藏着无数的恶魔，虎视眈眈地盯着你。它们会扑向你，而你用什么来对付他们呢？用你随身带着或路上得到的法宝。这些法宝是丰富多彩的，有勤奋，有谦虚，有自信，其中一件熠熠发光，那便是恒心和毅力。

比尔·盖茨说："无论遇到什么不公平——不管它是先天的缺陷还是后天的挫折，都不要怜惜自己，而要咬紧牙关挺住，然后像狮子一样勇猛向前。"在我们成长和成功的路上，需要的是勇往直前、坚持到底的精神。坚持是成功的重要一环，挫折、失败离成功只有一步之遥，而跨越这一步的关键是对既定目标坚持到底。

成功的路上必定不会一路顺畅，获得成功，往往在于坚持。

成功不仅要求我们敢想、敢做，最重要的是一定要坚持，坚持自己的信念直到成功为止。面对暂时的不如意我们需要做的是坚持，坚持才能成功！

九十九度加一度水就开了。开水与温水的区别就在这一度之差。有些事之所以天壤之别，往往也正因为这一度之差。

一百多年前，一位穷苦的牧羊人带着两个幼小的儿子替别人放羊为生。

有一天，他们赶着羊来到一个山坡上，一群大雁鸣叫着从他们头顶飞过，并很快消失在远方。牧羊人的小儿子问父亲："大雁要往哪里飞？"牧羊人说："它们要去一个温暖的地方，在那里安家，度过寒冷的冬天。"大儿子眨着眼睛羡慕地说："要是我也能像大雁那样飞起来就好了。"小儿子也说："要是能做一只会飞的大雁该多好啊！"

牧羊人沉默了一会儿，然后对两个儿子说："只要你们想，你们也能飞起来。"

两个儿子试了试，都没能飞起来，他们用怀疑的眼神看着父亲，牧羊人说："让我飞给你们看。"于是他张开双臂，但也没能飞起来。可是，牧羊人肯定地说："我是因为年纪大才飞不起来，你们还小，只要不断努力，将来就一定能飞起来，去想去的地方。"

两个儿子牢牢记住了父亲的话，并一直努力着，等他们长大——哥哥 36 岁，弟弟 32 岁时——他们果然飞起来了，因为他们发明了飞机。这两个人就是美国的莱特兄弟。

成功之路，贵在坚持。谁能坚持到底，谁就能获得成功。

古希腊哲学家苏格拉底在给学生上第一节课的时候，要求他的学生在每天上课之前都向上挥一下手。过了一个星期，他发现已经有一半的学生不再挥手；过了一个月，他发现只有三分之一的学生在挥手了；过了半年再看，发现最后只剩下一个人在挥手，那个人就是柏拉图。柏拉图后来成为伟大的思想家和哲学家。其实很多事情到最后都是"简单的重复和机械的劳动"，只要你坚持做到了，你就有可能在一个领域做到前列。

这就是名人与凡人的不同之处。坚持，是意志力顽强的表现。

坚持，它不是口头上的豪言壮语，而是要求我们付诸行动，从一点一滴做起，不怕困难，顽强拼搏，甘于寂寞，乐于清贫，脚踏实地。经得起艰难困苦的考验，甚至经得起肉体和精神极限的挑战，这才是成功的重要前提。

荀子曰："骐骥一跃，不能十步；驽马十驾，功在不舍。"水滴石穿，绳锯木断，这个道理我们每个人都懂，然而实践起来并不是那么容易。恒心和毅力是成功道路上必不可少的因素。

古苏格兰国王罗伯特·布鲁斯，六次被打败，失去信心。在一个雨天，他躺在茅屋里，看见一只蜘蛛在织网。蜘蛛想把一根丝挂到对面墙上，六次都没有成功，但经过第七次，它终于达到了目的。罗伯特兴奋地跳了起来，叫道："我也要来第七次！"他组织部队，反击英国入侵者，终于把敌人赶出了苏格兰。因为蜘蛛的毅力感染了罗伯特，让这个失败了六次的男人再次站了起来。而后来的罗伯特也因为这种毅力，从而进行了第七次挑战，最后因为他的恒心，他成功了。他成了民族英雄。

毅力是成功的基石。居里夫人曾经说过："一个人没有毅力，将一事无成。"而"说一套，做一套"，永远都不可能取得成功，只有言行一致，朝着目标坚持不懈地去奋斗，去追求，才会有所收获。

生命的奖赏远在旅途终点，而非起点附近。我们不知道要走多少步才能达到目标，踏上第一千步的时候，仍然可能遭到失败。但成功就藏在拐角后面，除非拐了弯，我们永远不知道还有多远。再前进一步，如果没有用，就再向前一步。这就是坚持不懈。

第七章
直面逆境，奏响人生奋进的旋律

马斯洛说："心若改变，你的态度跟着改变：态度改变，你的习惯跟着改变；习惯改变，你的性格跟着改变；性格改变，你的人生跟着改变。"悲观的心态，使人灰心丧气：乐观的心态，使人充满活力。幸福与心态有关。心态决定人生，心态决定命运，心态决定幸福。"祸兮福所倚，福兮祸所伏。"

在挫折、不幸、灾难或厄运降临的时候，我们左右不了外部的世界，但我们可以把握住自己的心态。把握住了自己的心态，也就拥有了一个美丽而安宁的精神世界，幸福就会向我们涌来。

要翻山而行，莫望山止步

成功的人有些什么共同的条件？恒心！大多数成功者只有平常的智慧和能力，可是他们在完成一项工作时，在遭受重大困难时，在工作极其繁重时，却有超乎常人的耐心和毅力。

当年宋美龄在称赞张学良将军时曾说道："有超乎常人的毅力，必有超乎常人的抱负。"恒心、毅力都是相对于人生旅途上的坎坷和挫折而言的。

任何人在向理想目标挺进的过程中，都难免会遇到各种阻力和重重困难，在这种情况下持之以恒的精神则是最难能可贵的。

所谓"持之以恒"，是做自己命运主宰时，不朝秦暮楚，不被眼前的困难吓倒，不半途而废，不浅尝辄止，不功亏一篑。持之以恒是一种毅力，一种精神。

世界上没有任何东西能够代替恒心、才干不能，有才干的失败者多如过江之鲫；天才不能，"天才无报偿"已成为一句俗话；教育不能，被遗弃的教养之士到处充斥着。唯有恒心才能征服一切。

在我们刚上学的时候，教师就告诉我们：坚持就是胜利。并且用很多的例子教诲我们。其中一个最显著的例子就是一个挖井人，他一连挖了几口井，都不能坚持到最后，挖到一半便放弃了，他说：这口井没有水。其实水就在下面，挖井人只是没有持之以恒的决心罢了。

生命犹如一场马拉松，最大的敌人不是别人，而是你自己，你在向事业迈进的旅程中，唯有靠坚定不移的恒心，持续不断的毅力，才能成为一个真正的成功者。

如果通往成功的电梯出了故障，请你走楼梯，一步一步上。只要还有楼梯，或是任何梯子，通往你想去的地方，电梯有没有故障都是无关紧要的事了，重要的是你不断地一步一步往上爬。

假使你在途中遇上了麻烦或阻碍，你应该去面对它、解决它，然后再继续前进，这样问题才不会越积越多。同时当你解决了一个问题，其他问题有时也自动消失了。时间能消除许多问题，你只有坚持到底，一个一个来，不要操之过急，只要不放弃。很快地，你就会发现自己有了很大的转变，干劲增强了，自信心也提高了，你会感到一种前所未有的快活。

你在前进的时候，一步步向上爬时，千万别对自己说"不"，因为"不"也许导致你决心的动摇，放弃你的目标，从而返下楼梯，前功尽弃。

宋朝诗人杨万里有诗曰："莫言下岭便无难，赚得行人错喜欢。正入万山圈子里，一山放出一山拦。"人在奋斗的过程中，由于条件有限，必然困难重重，也会有种种干扰。这些困难、干扰就像一座座山横亘在我们前进的道路上。是望山止步，还是翻山而行？十九世纪英国作家福楼拜说得好："顽强的毅力可以征服世界上任何一座高峰。"

失去不是损失，而是奉献

一个人坐在轮船的甲板上看报纸，突然一阵大风把他新买的帽子刮落大海中，只见他用手摸了一下头，看看正在飘落的帽子，又继续看起报纸来。另一个人大惑不解："先生，你的帽子被风刮入大海了！""知道了，谢谢！"他仍然继续读报。"可那帽子值几十美元呢！""是的，我正在考虑怎样省钱再买一顶呢！帽子丢了，我很心疼，可它还能回来吗？"说完那人又继续看起报纸。的确，失去的已经失去，既然已经无法挽回，又何必为之大惊小怪或耿耿于怀呢？

一个老人在高速行驶的火车上不小心使刚买的新鞋从窗口掉下了一只，周围的人备感惋惜。不料那老人又立即把第二只鞋也从窗口扔了下去，这更让人大吃一惊。"是这样！"老人解释道，"这一只鞋无论多么昂贵，对我而言都已经没有用了。如果有谁能捡到一双鞋子，说不定还能穿呢！"

显然，老人的行为已经有了价值判断：与其抱残守缺，不如果断放弃。有时事物的价值不在于谁占有，而是在于如何占有。

许多人都有过丢失某种重要或心爱之物的经历，比如不小心丢失了刚发的工资，最喜爱的自行车被盗了，相处了好几年的恋人拂袖而去了等，这些大都会在我们的心理上投下阴影，有时甚至因此而备受折磨。究其原因，就是我们没有调整心态去面对失去，没有从心理上承认失去，仍然沉湎于已不存在的东西，而没有想到去创造新的东西。人们安慰丢东西的人时常会说："旧的不去，新的不来。"其实事实正是如此，与其为失去的自行车懊悔，不如考虑怎样才能再买一辆新的；与其对恋人向你"拜拜"而痛不欲生，不如振作起来，重新开始，去赢得新的爱情……

有两个朋友曾结伴出门旅游，在即将返回的时候他们发现钱包不见了。其中一个人把自己去过的地方寻了个遍，询问了许多人，还到派出所报了案，结果一无所获。而另一个朋友在发现丢了钱包之后，不是一味地懊悔，而是积极想办法，考虑如何才能挣到回家的路费。他走进一家饭店，向老板讲明了自己的情况后，用给饭店洗菜的办法为自己和同行的朋友挣得回家的路费。直到现在，一提起这件事他也总是说："旅游的时间那么短，有趣的事那么多，为了丢失钱包而一直烦恼下去很不值得。"人生有许多事情要做，为什么要为一时的失去而一直伤心呢？

每个人都曾有过失去的经历，但对其所持的心态却截然不同。有的人总是向别人反复表明他失去的东西有多么好，有多么珍贵。但是有些人却表现相反，比如，他们在失去了原有的工作之后，从不会一味地伤感，而是主动去寻找新的工作。他们相信，失去并不意味着失败，失去后还可以重新拥有，而这才是成功者应具备的心态。

普希金的抒情诗《假如生活欺骗了你》最后有两句话是："一切都如烟云，一切都会消失；让失去的变得可爱。"显然，有时失去不是忧伤，而是一种美丽；失去不一定是损失，也可能是奉献。只要我们有着积极进取的心态，失去也会变得可爱！

成功者都是苦难的学生

翻开历史，那些伟大的人物无一不是苦难的学生，无一不是历尽千辛万苦才成就辉煌的。对于这些伟人，我们或许可以这样说，只有当他们的生命终结的时候，他们才真正开始出生。天堂是为那些尘世中的失败者创造的。那么，是什么锤炼出人类最深邃和最高尚的思想呢？不是人类的学识，不是商业行为，更不是感情的冲动，而是苦难。

如果幸运和幸福是人生的目标，那么，苦难就是达到这一目标所必不可少的条件。

雪莱说：最为不幸的人被苦难抚育成了诗人，他们把从苦难学到的东西用诗歌教给别人。所以有人说，苦难往往是经过化妆了的幸福。

电视连续剧《幸福来敲门》是一部歌颂母爱的作品。女主人公江路虽然以继母的身份出现，但善良与奉献的高贵品格，让人敬佩不已。但就其江路的个体生命而言，她却承受了生活给予她的无限的压力和苦楚。在剧尾，江路的精神已趋于崩溃，在历尽苦难之后，才痛定思痛，并寻得了突围的办法，那就是和宋宇生离婚。江路如同一颗珍珠，宋家在失去了之后，才觉得可贵。

苦难，如同炼狱一样炙烤着江路，同时也让她看到了幸福的曙光。

在一本杂志里，我曾读过这样一则故事，更使我们对苦难会有深切的理解：

巴雷尼小时候因病成了残疾，母亲的心就像刀绞一样，但她还是强忍住自己的悲痛。她想，孩子现在最需要的是鼓励和帮助，而不是妈妈的眼泪。母亲来到巴雷尼的病床前，拉着他的手说："孩子，妈妈相信你是个有志气的人，希望你能用自己的双腿，在人生的道路上勇敢地走下去！好巴雷尼，你能够答应妈妈吗？"

母亲的话，像铁锤一样撞击着巴雷尼的心扉，他"哇"的一声，扑到母亲怀里大哭起来。

从那以后，妈妈只要一有空，就给巴雷尼练习走路，做体操，常常累得满头大汗。有一次妈妈得了重感冒，她想，做母亲的不仅要言传，还要身教。尽管发着高烧，她还是下床按计划帮助巴雷尼练习走路。黄豆般的汗水从妈妈脸上淌下来，她用干毛巾擦擦，咬紧牙，硬是帮巴雷尼完成了当天的锻炼计划。

体育锻炼弥补了由于残疾给巴雷尼带来的不便。母亲的榜样作用，更是深深教育了巴雷尼，他终于经受住了命运给他的严酷打击。他刻苦学习，学习成绩一直在班上名列前茅。最后，以优异的成绩考进了维也纳大学医学院。大学毕业后，巴雷尼以全部精力，致力于耳科神经学的研究。最后，终于登上了诺贝尔生理学或医学奖的领奖台。

这个故事的主人公，确实经历人生中无以数计的失败和难以言传的苦难，但他没有丧失斗志，败而不馁，以正确的心态对待苦难，终于获得成功。因此完全可以说，苦对于他，只是化妆了的幸福，或者说，他的幸福是站立在苦难中的。所以说，在漫漫人生中，谁也难免不失败，难免不经历苦难，关键在于我们的心态。一位文友对此深有体会，他的故事让我领悟了很多人生哲理：

高三那年，一场突如其来的疾病彻底改变了他人生的轨道，这一场病使他与高考失之交臂，至此，他的大学梦彻底地破灭了。如花似锦的年纪，他却用来与疾病斗争。

曾经他无数次地抱怨命运不公平，为什么上天一定要把这样的苦难丢给他而不是其他人？与同龄人相比，他承受得太多了。这样的想法使他痛苦，甚至绝望。可是慢慢地，随着时间的流逝，他渐渐地从这场疾病中，体会到上天并不只是单纯地将苦难丢给了我，还有许多很宝贵的东西，只是他一时无法用心体会罢了。

曾经他和很多人一样忽视父母的付出，难以体会他们的感受，并且理所当然。但是，这场疾病终于让他明白，在这个世界上唯一能为他倾其所有的，只有他的父母。记不清有多少次，父亲为了带他去求医，连续几天，昼夜不休。记不清有多少个夜晚，母亲陪在他的病床边彻夜不眠，只是为了看着他安然入睡。是他们默默地爱伴他走过那几年灰暗的日子。如果生命可以重来，他希望上天能让他的父母成为他的儿女，他愿意用来世的情回报他们今生的爱。

在一次次与疾病斗争过后，他的身体逐渐恢复了健康。在与命运的抗争中，内心变得坚韧起来。终于在三年后有幸成为村子里的一名代课教师。生活开始充实起来，他重新拾起了生活的信心。对于那份苦难也有了新的感悟。

这场疾病改变了他的一生。正是它，使他对生命有了更深的体会。身体的疾病不是可怕的，要是连心也病了，才是最可怕的。疾病与苦难可以损害我们的身体，但如果连信心和坚持都被它击垮，那么人生就真的毫无希望了。所以不管经历什么苦难，我们的心都不能生病。

生活给我们的一切都是弥足珍贵的财富，关键是我们要学会面对。如果把苦难只视为苦难，那它真的就只是一种苦难。但如果把它同精神世界里的那片土地结合，它就会变成一种宝贵的营养材料，必将培育出幸福的人生。所以不要去挑剔生活给了我们什么，哪怕它给了我们一颗苦涩的果子，只要我们用心去品味，就会尝到幸福的甜味，才会一生幸运。

每天都让自己看到希望

一位父亲带着儿子去参观凡高故居，在看过那张小木床及裂了口的皮鞋之后，儿子问父亲："凡高不是位百万富翁吗？"父亲答："凡高是位连妻子都没娶上的穷人。"

第二年，这位父亲带儿子去丹麦，在安徒生的故居前，儿子又困惑地问："爸爸，安徒生不是生活在皇宫的吗？"父亲答："安徒生是位皮匠的儿子，他就生活在这栋阁楼里。"

这位父亲是一个水手，他每年来往于大西洋的各个港口，这位儿子叫伊东布拉格，是美国历史上第一位获普利策奖的黑人记者。20年后，在回忆童年时，他说："那时我们家很穷，父母都靠出苦力为生。有很长一段时间我一直以为像我们这样地位卑微的黑人是不可能有什么出息的。好在父亲让我认识了凡高和安徒生，这两个人告诉我，上帝没有看轻卑微。"

从这个故事可以看出，这个儿子没有自卑，才使自己的人生没有虚度，才让自己的人生远离了不幸。

在社会上，自卑的人总感觉处处不如别人，自己看不起自己，"我不行""我没希望""我会失败"等话总是挂在嘴边。自卑的人往往自尊心极强，自卑与自尊经常会发生冲突，这种冲突会造成极其浮躁的心理。谁都曾有过自卑的念头，但千万不要让这种危险的念头主宰了你，你要相信，你会战胜自卑的。

1951年，英国人富兰克林从自己拍得极为清晰的DNA（脱氧核糖核酸）的X射线衍射照片上，发现了DNA的螺旋结构，就此还举行了一次报告会。然而富兰克林生性自卑多疑，总是怀疑自己论点的可靠性，后来竟然放弃了自己先前的假说。可是就在两年之后，霍森和克里克也从照片上发现了DNA分子结构，提出了DNA的双螺旋结构的假说。这一假说的提出标志着生物时代的开端，因此而获得1962年度的诺贝尔医学奖。假如富兰克林是个积极自信的人，坚信自己的假说，并继续进行深入研究，那么这一伟大的发现将永远记载在他的英名之下。

要战胜自卑，首先要树立自信，自信是战胜自卑的最强大武器。美国幽默作家霍尔摩斯有一次出席一场会议，席间他是身材最为矮小的人。一位朋友脱口而出："霍尔摩斯先生，你站在我们中间，是否有鸡立鹤群的感觉？"

很明显，这个朋友在笑话霍尔摩斯的身材矮小，所幸的是他不是一个自卑的人。他说："我觉得自己像一堆便士里的铸币。铸币面值十分，但比一分的便士体积小。"

有许多人，由于生理缺陷、性别、出身、经济条件、政治地位、工作单位等原因，常常造成自卑的心理。自卑对个人的身心和发展是不利的，也有碍于正常的人际交往。卡耐基对自卑心理做了较为精辟的研究，对如何克服自卑，他有独到的见解。在他的书里有这样一个故事：

凯西·拉曼库萨是一位不幸的母亲，当她的儿子琼尼降生时，孩子的双脚向上弯着，脚底靠在肚子上。凯西·拉曼库萨是第一次做妈妈，只是觉得这个样子看起来很别扭，一点也不知道这将意味着小琼尼先天双足畸形。医生保证说，经过治疗，小琼尼可以像常人一样走路，但像常人一样跑步的可能性则微乎其微。琼尼3岁之前一直在接受治疗，和支架、石膏模子打交道。经过按摩、推拿和锻炼，他的腿果然渐渐康复。七八岁的时候，他走路的样子已经和正常人差不多了，几乎看不出他的腿有过毛病。

虽然琼尼走路的样子接近正常人，但是要让他走得远一些，比如去游乐园或去参观植物园，小琼尼就会抱怨双腿疲惫酸疼。邻居的小孩子们做游戏的时候总是跑过来跑过去，毫无疑问，小琼尼看到他们玩就会马上加入进去，跑啊闹啊。他母亲从不告诉他不能像别的孩子那样跑，从不说他和别的孩子不一样，所以他一直和孩子们玩得很高兴。

七年级的时候，琼尼决定参加横穿全美的跑步比赛。每天他和大伙一起训练。他坚持每天跑4～5英里。有一次，他发着高烧，但仍坚持训练。他母亲一整天都为他担心。两个星期后，在决赛前的3天，长跑队的名次被确定下来。琼尼是第六名，他成功了。他才是个七年级学生，而其余的运动员都是八年级学生。

被医生宣判了不能跑步的琼尼不仅能跑了，而且在他那个年龄来说，成绩相当优异。这是因为他自小没有为自己不如别人而自卑，相反他从小就怀有成功的信念。所以说，克服自卑最重要的是要建立信心，充满自信。

每个人由于气质、文化素养及生活环境的不同，脾气、性格都不尽一致。但无论哪种人，自卑都是不正常的心理活动，应及时清除掉。

1. 警惕消极用语

你是不是经常使用一些消极性的自我描述用语？如"我就是这样""我天生如此""我不行""我没希望""我会失败"等。如果你总是把这些消极用语挂在嘴边，就只能使你更加自卑。把这些句子改成"我以前曾经是这样""我一定要做出改变""我能行""我可以试试""这次会成功的"，并且要经常对自己说或写下来贴在你房间的床头和书桌上。

2. 从另一个方面弥补自己的弱点

每个人都有多方面的才能，社会的需要和分工更是多种多样的。一个人这方面有缺陷，可以从另一方面谋求发展。只要有了积极心态，就可以扬长避短，把自己的某种缺陷转化为自强不息的推动力量，也许你的缺陷不但不会成为你的障碍，反而会成为你成功的条件。因为它促使你更加专心地关注自己选择的发展方向，促成你获得超出常人的动力，最终成为超越缺陷的卓越人士。

3. 用行动证明自己的能力与价值

其实，看一个人有没有价值，根本用不着进行什么深奥的思考，也用不着问别人，有人需要你，你就有价值，你能做事，你就有价值。因此，你可以先选择一件自己最有把握也有意义的事情去做，做成之后，再去找一个目标。这样，每一次成功都将强化你的自信心，弱化你的自卑感，一连串的成功则会使你的自信心趋于巩固。

4. 全面了解自己，正确评价自己

你不妨将自己的兴趣、嗜好、能力和特长全部列出来，哪怕是很细微的东西也不要忽略。你会发现你有很多优点，并且对自己的弱项和遭到失败的地方持理智和客观的态度，既不自欺欺人，又不将其看得过于严重，而是以积极的态度应对现实，这样自卑便失去了温床。

5. 用微笑对抗逆境

人生是变幻的，逆境也绝不会一成不变。也许，今日的逆境，将会造就未来的成功，逆境可以磨炼我们坚毅的品质，并让我们对人生进行深层次的思考。同时，在微笑中我们能吸取失败的经验，轻轻松松地迎接下一次挑战。你可以微笑着告诉自己："一次失败不能证明全部失败，只有放弃尝试才必定失败。"

6. 每天给自己一个希望

在这个世界上，有许多事情是我们难以预料的。我们不能控制机遇，却可以掌握自己；我们无法预知未来，却可以把握现在；我们不知道自己的生命到底有多长，但我们却可以安排好现在的生活；我们左右不了变化无常的天气，却可以调整自己的心情。每天给自己一个希望，让自己的心情放飞，不知不觉中自卑也就随风而去。

虚心处世的人生哲学

　　天地之大，以无为心；圣人虽大，以虚为主。虚己待人就是能接受他人的做法，虚己接物就是能容纳万物，虚己处世就是能圆融于世。只有先虚己，才能承受百实，化解百怨。虚己是处世求存的良策之一，人能虚己无我，就能与人无争、与物无争，而不争如水润万物，不争而全得。

　　老子说：道是看不见的虚体，宽虚无物，但它的作用却无穷无尽，不可估量。它是那样深沉，好像是万物的主宰。它磨掉了自己的锐气，不露锋芒，解脱了纷乱烦扰，隐蔽了自身的光芒，把自己混同于尘俗。它是那样深沉而无形无象，好像存在，又好像不存在。老子又说：圣人治理天下，是使人们头脑简单、淳朴、填满他们的肚腹，削弱他们的意志，增强他们的健康体魄。尽力使心灵的虚寂达到极点，使生活清静、坚守不变。使万物都一齐蓬勃生长，从而考察它往复的道理。这些都说明了静虚的大作用。从道家的观念看来，他们处世，贵在"以虚无为根本，以柔弱为实用。随着时间的推移，因顺万物的变化"。

　　虚，就能容纳万事万物，无就能生长，就能变化；柔就会不刚而能圆融，弱就是不争胜而可持守。随时间的推移，能不断地变化而自省，顺应万物，和谐相宜。只有虚己待人，才能接受他人；只有虚己接物，才能容纳万物；只有虚己用世，才能转圜于世；只有虚己用天下，才能包容天下。

虚己的能量，大的方面足以容纳世界，小的方面也能保全自身。虚戒极、戒盈，极而能虚就不会倾斜，盈而能虚就不会外溢。

鲲鹏歇息六个月后，振翅高飞，能扶摇直上九万里。做官不懂息机，不扑则蹶。所以说，知足不会受辱，知止没有危险。贵极征贱，贱极征贵，凡事都是如此。到了最极端而不可再增加，势必反轻。处在局内的人，应经常为自己保留回旋的余地；伸缩进退自如，这才是处世的好方法。

虚而不实、不争，才不致受外物迷惑引诱，才能坚守内心的真我，保持本色的风格。虚己能随时培养自己的机息，处处保留回旋的余地，任凭纷争无限，皆可全身而存。"虚"能不骄不娇，接受万事万物的挑战，从中领受有益的养分以滋养自身，充盈自我。虚怀若谷，就是不自负、不自满、不黏糊、不停滞、不武断，学习他人之长，反省自己之短，如此则他人才会乐意助你。

能够虚己的人，自然能随时培养自己的机息，处处保留回旋的余地，不仅能全身进退，而且还可以培养自己的度量。

虚己处世，求功千万不可占尽，求名不可享尽，求利不可得尽，求事不可做尽。如果自己感觉到处处不如人，便要处处谦下揖让；自己感觉到处处不自足，便要处处恬退无争。

据历史记载：东汉章帝建初元年（公元76年），章帝即位，尊立马后为太后，还准备对几位舅舅封爵位，太后不答应。第二年夏季大旱灾，很多人都说是不封外戚的原因。太后下诏谕说："凡是说及这件事的人，都是想献媚于我，以便得到福禄。从前王氏五侯，同时受封，黄雾四起，也没有听说有及时雨来回应。先帝慎防舅氏，不准将其安排在重要的位置，怎么能以我马氏来比阴氏呢？"太后始终不同意。章帝反复看诏书，很是悲叹，便再请求太后。太后回道："我曾经观察过富贵的人家，禄位重叠，好比结实的树木，它的根必然受到伤害。而且人之所以希望封侯，是想上求祭祀，下求温饱。现在祭祀则受四方的珍品，饮食就受到皇宫中的赏赐，这还不满足吗？还想得到封侯吗？"这不仅是马后居高思倾，居安思危，处己以虚，持而不盈的处世态度，而且还能使各位舅氏也处于"虚而不满"之中，以避免后来的嫉妒与倾败的远见。从这段话中，能看到她公正无私、眼光长远的胸怀。

才在于内，用在于外；贤在于内，做在于外；有在于内，无在于外。这就是以虚为大实，以无为大有，以不用为大用的道理。人们取实，我独取虚；人们取有，我独取无；人们都争上，我独争下；人们都争有用，我独争无用。这是道家处世的妙理。争取的是小得、小有、小用，不争的才是大得、大有、大用。

所以庄子说："山上的树木长大了，自然用来做燃料；肉桂能食，才会遭到砍伐；胶漆有益，所以受到割取；人们都知道有用的作用，而不知道无用的作用。"我们不要以精神去寻求利益，不要以才能去寻求事业，不要以私去害公，不要以自己去连累他人，不要以学问去穷究知识，不要以死劳累生。

河蚌因珍珠珍贵稀少而受伤害，狐狸因皮毛珍贵而被猎取。有虚己之心的人，应该隐藏起意愿而不刻意彰显，把有形隐藏到无形之中，把拥有隐藏到虚无之中，做到如古人所说"大直若屈，大巧若拙，大辩若讷"的境界，才能体会到虚己的妙用。

第八章
每一次创伤，都是一次成熟

　　一个人进山，遇见了一只老虎，他拼命逃跑，失足滑落在一处悬崖，幸好拽住了一根救命的枯藤，悬荡在空中。

　　生命，就系在了这根晃晃悠悠的枯藤上。这时，跑来两只老鼠，啃噬那枯藤。在绝望与惶恐之中，一抹鲜红掠过他的眼前。仔细一看，竟是一枚鲜美红艳的草莓。他摘下来放入口中，啊，甜美多汁，真是好滋味！

　　在那样危急的时刻却还能有一份好心情去品味草莓的鲜美，真是好心态。想想，那刻的恐惧、害怕于事无补，不如醉心于眼前的甜美。在他眼里，凶恶的老虎，可恶的老鼠都可以视而不见，眼前的美丽却不容错过，享受此刻不留遗憾。

创伤也是一种成熟

生活有时候会让我们遍体鳞伤，但到后来，那些受伤的地方一定会变成我们最强壮的地方。我们会在创伤中逐渐成长，并趋于成熟。

人生并非一帆风顺。我们都是经过挫折、尝试、创伤而逐渐成熟。爱默生说过："我们的力量来自我们的软弱，直到我们被戳、被刺，甚至被伤害到疼痛的程度时，才会唤醒那被包藏着神秘的力量。只有这些力量被摇醒、被折磨，便激励我们学习一些东西了。此时我们会运用自己的智慧，发挥自己的刚毅精神，学会了解事实真相，从自己的无知中学习经验，磨炼自己的意志，最后，学会调整自己并且掌握真正的技巧。"

"长大以后，为了理想而努力，渐渐地忽略了父亲母亲和故乡的消息。如今的我，生活就像在演戏，说着言不由衷的话、戴着伪善的面具，总是拿着微不足道的成就来骗自己。总是莫名其妙感到一阵的空虚，总是靠一点酒精的麻醉才能够睡去。在半睡半醒之间仿佛又听见水手说，他说风雨中这点痛算什么！擦干泪不要怕至少我们还有梦！他说风雨中这点痛算什么，擦干泪不要问为什么！"

这是身残志坚的台湾歌手郑智化创作的歌曲《水手》。在受伤的时候，你不妨听听这首歌。人生就像一条河，而我们就是游弋在河中的水手。在河流中泅渡免不了会受些伤，只有不怕河中的滔天巨浪，不怕在渡河中淹死，才可能游到成功的彼岸。人们赞美游到彼岸的英雄，却容易忘记他在泅渡大河时也曾有过挫折。

当伤害如利箭射来，痛彻心扉，已经够惨了，若不知疗伤止痛，会让伤口无法结痂复原，岂不是欠缺些智慧？对于外界所起的变化，要能既不扬扬得意于顺境，亦不沉湎于痛苦的逆境，这不是一件容易的事，当我们面对人生时，总是携带着快乐和痛苦、悲哀与幸福，这些都是使人成熟的岁月的标记，也是心灵的刻痕。走过人生才会发现，原来，创伤也是一种成熟，而成熟就是一种美。

痛苦过后，品尝到的幸福才更甜

众所周知，马云是商界的大咖。如果我们留心马云的创业史，就会发现他其实是历经了太多的曲折坎坷。难怪马云在做《赢在中国》评委时，会发出这样的感慨："对所有创业者来说，永远告诉自己一句话：从创业的第一天起，你每天要面对的是困难和失败，而不是成功。我最困难的时候还没有到，但有一天一定会到。困难是不可能躲避的，不能让别人替你去扛。多年创业的经验告诉我，任何困难都必须你自己去面对。创业者就是要面对困难。"

让我们追随马云创业的脚步，去体味他脚步的踉跄与坚毅。马云的第一次创业是在 1992 年，在杭州某学院当英语老师的他和同事筹集了 3000 元钱，开办了海博翻译社。但开业的第一个月总收入才 700 元。为生存下去，马云背着大麻袋到义乌、广州去进货，海博翻译社开始也曾卖鲜花、卖礼品等，最终因效益不理想而放弃了这次创业。1995 年初，马云辞了公职，创立了一个叫"中国黄页"的网站。在经营"中国黄页"的时候，马云遇上了一个重量级对手——注册资本是 2.4 亿元人民币的中国电信浙江杭州分公司（马云的"中国黄页"的注册资本是 5 万元人民币）。在完全不对等的实力较量中，"中国黄页"将资产折合成 60 万元人民币，占 30% 的股份；杭州电信投入资金 140 万元人民币，占

70% 的股份进行了股份制改造。马云本以为有了 140 万元人民币注入就可以大干一场，但后来才发现这是一场灾难，原来对方出 140 万元只是想把他这个竞争对手控制住。在董事会里面对方是 5 票而马云这方只有 2 票，每次开董事会，马云总是面临 5 比 2 的制约，很多次也通不过决议。马云这时才醒悟到自己拿到了钱却丢掉了自己最宝贵的自主权。处于尴尬中的马云，与杭州分公司的"婚姻"仅维持了一年，就主动放弃了自己的公司。马云的第二次创业没有成功，但他从这次经历中总结出一点教训：企业家不能被资本所控制。同时，当他后来有了雄厚的资本后，也推己及人地不用资本去控制自己所支持的创业者。

马云在经历两次创业挫折后，马上又全身心地投入了第三次创业。1997 年底，他受国家外经贸部的邀请，北上给外经贸部做网站，让外经贸部成为中国第一个上网的部级单位。马云在北京租了一个不到 20 平方米的小房间，没日没夜地干活。"中国第一个网站交易市场是我们做的，第一个进出口交易所是我们做的。政府和我们这些人合作得很愉快。"马云曾经这么说。但是后来，由于在业务的方向是帮助中小企业还是大企业上出现分歧，使马云无比苦恼，这次合作最终也以失败告终。1999 年初，马云回到了杭州。尽管公司赚了 287 万元的利润，但是马云除了工资之外没有拿到任何红利。关于这场风波的缘起，有各种版本，但根据马云自己的说法，是因为他没有分清朋友和上下级的关系。他反省了自身，认为在今后的创业中，应该清楚地区分好朋友与上下级关系。

经历了那么多的磨难与挫折后，1999 年 3 月，马云回到杭州创办阿里巴巴网站。这一次，他终于成功了！

对于如何面对创业的坎坷，马云这么说："所以对于我来讲这十年以来任何失败、成功，取得的这些经历是我最大的财富，有的时候可能要失败、有的时候不失败。比方说雅虎的并购，我们前期没有想过，在并购的时候没想到有那么大麻烦，麻烦被一个一个地解决往前走这就是一个经历，失败了也是经历。人一辈子不会因为你做过什么而后悔，很多的时候因为你没做过什么而后悔。创业者的心态要平衡好，你从第一天创业的时候要知道自己走的路是曲折的。"

大凡伟大之人，总有一段刻骨铭心的磨难、挫折之经历。有人说"挫折是弱者的地狱，强者的阶梯，智者的故乡，伟人的天堂"，此话不假。亨利·福特在进军汽车业的前三年，破产过两次；美国大百货公司梅西百货曾经七次遭遇"转折点"——也就是一般人所说的失败，最后终于取得成功；莱特兄弟在经历了数百次失败的实验以后才驾驶着人类第一架动力飞机飞上了蓝天。

弱者在错误中懊悔、倒下，而强者在错误中学习、成长。马云常常开玩笑说他在经营阿里巴巴前已经犯下一千零一个错误。对于马云这样的强者来说，经历了那么多错误，将会增长多少智慧啊。"武林高手比的是经历了多少磨难，而不是取得过多少成功。"

斯巴昆说："有许多人一生之所以伟大，那是来自他们所经历的大困难。"精良的斧头、锋利的斧刃是从炉火的锻炼与磨削中得来的。很多人，具备"大有作为"的才智，但是，由于一生中没有同逆境搏斗的机会，没有被困难充分磨炼，不足以刺激起其内在的潜能，以至于终生默默无闻。

蚕蛹在成为蝴蝶之前，会经历痛苦的蠕动和挣扎，只有这样，它才能蜕变出美丽的翅膀和轻盈的身体。化蝶之理，对人亦同！也许在获得成功之前，我们都会必不可少地经历痛苦，可只有在痛苦过后，品尝到的幸福才更香、更甜！

其实在生活中，很多时候我们就如那小小的蛹，经常陷于一种生存的窒息状态，或是处于绝望的境地。这就需要我们用智慧和良好心态去突破将自己包裹起来的厚重外壳，尽管这一过程会很痛苦，但于生命的重生，它又实在是一种必需。所以破茧成蝶，是人生的一种境界。能够破茧成蝶，就会有重获新生的欢愉和快慰。

所谓失败，只是有些事还没有做好

在我们周围，不知道有多少人把自己所取得的成就归功于自己所遇到的艰难和困苦。如果没有各种各样的阻碍与失败的刺激，他们也许只会发掘出自己才能的一半，甚至还不到；但一旦遇到巨大的困难与失败的刺激，他们就会把他们的全部才能给激发出来。当面对巨大的压力时，如突如其来的变故和重大的责任压在一个人身上时，隐藏在他生命最深处的种种能力，就会如火山般喷涌而出，帮助他做出原本不可想象的大事来。历史上有过无数这样的例子。

一个偶然的机会，在伊黛和邓肯太太合作成立的"少女公司"，生产出一种在当时很"前卫"的胸罩，在市场上十分走俏。所产生的巨大利益空间吸引竞争者们纷纷加入。为了增强竞争力，伊黛打算暂时不分配利润，并尽可能借钱，购买机器设备，雇用员工，扩大生产规模。

邓肯太太只是一个普通的家庭妇女，不像伊黛那么有野心，她对现在赚到的钱已经心满意足了，而且担心举债经营会赔掉已经到手的成果。她坚决要求及时分配利润。两人的意见发生严重分歧，只好散伙。

当时，公司刚刚以分期付款方式购置了一批新设备，两人散伙后，现金全被邓肯太太带走，伊黛还得借一笔钱支付她的红利，这样，公司只剩下一些机器和一大笔债务，陷入无米下锅的窘境。伊黛出去找新的合伙人，没有人愿意答应；向人借钱，得到的回答都是"不"。因为这场内讧使人们误以为"少女公司"的生产经营遇到了严重阻碍。更糟糕的是，不明真相的债权人纷纷登门逼债，让伊黛穷于应付。许多员工以为公司大势已去，纷纷跳槽，200多名员工最后只有30多人留下来。

伊黛遭此打击，难免灰心丧气。但她知道，唉声叹气对结果没有任何好处，只能多想想解决问题的办法。经过几个不眠之夜的反复思考，伊黛确定了"安定内部、寻找外援"的思路。

首先，她设法稳住留下来的几十个员工，不给外界一个"已经倒闭"的印象。她开诚布公地向员工们说明了公司的真实情况，并宣布将十分之一的股权分配给他们。这样，员工离职的现象就再也没有发生过了。

接下来，伊黛积极筹措资金。经过多次碰壁后，她从银行家约翰逊那里获得了50万美元贷款。有了资金，"少女公司"立即焕发生机，它的业务成长得比以前更快。

在伊黛不断的努力经营之下，"少女公司"的产品从胸罩扩大到睡衣、泳装、内衣等，产品畅销100多个国家，最终"少女公司"成为一家世界性著名的大公司。

伊黛作为一位杰出的女性，她对坚强的理解更为深刻，并以此来告诫她的子女："当坏事已经降临，悔恨、抱怨、痛苦没有任何意义，唯有从事情变坏的原因着手，设法改变它，以免事情变得更坏和同样的坏事再一次发生。这才是有意义的做法。"

任何一件事都是由许多要素构成，没有哪件事能够全部做对或全部做错。所谓失败，通常只是某些应该做好的事情没有做好，并不是一无是处。只要认识到失败的存在，找到原因，搞清哪些事情没有做好，下次加以改进，同样的失败就不会再发生了。如果确实是因能力不足所致，也要以比较平静的心情接受失败的结果，吸取教训，但不要因懊恼而损害自己的心灵及身体。

人生的意义在于，痛并快乐着

齐秦的歌中有一句流传很广的歌词："痛并快乐着。"央视知名主持人白岩松写自传时，用这五个字做了书名。白岩松认为：在人的一生中，幸福和痛苦都只占5%，余下的就是平淡的生活。"因为我在追逐幸福，所以不免触碰痛苦。"白岩松说。

为什么一句普通的歌词会赢得人们的口口相传，是因为它道出了我们生命中最普通的哲理——痛苦与快乐并存。人生中，有多少事情是"痛并快乐着"的呢？艰难的考研、辛苦的创业……生活总是充满着矛盾。痛苦的世界里也许藏着快乐，快乐的世界里也许隐着痛苦，这就是哲学里的二律背反。

哲学家叔本华说："人生是在痛苦和无聊之间来回摆动着的钟摆。"又说："生命是一团欲火，欲望不能满足便痛苦，满足便无聊，人生就是在痛苦和无聊之间摇摆。"叔本华的人生历程，那是这一哲理很好的印证过程。在他很小的时候，父母就不合，这使他很少感到家的温暖。当他17岁时，其父自杀，他也放弃了他被迫接受的商业训练。年轻的叔本华却感受到了与他年龄不相称的生存的痛苦。尽管他拥有足够的钱财，不必为生存而奔忙，尽管身体健康，尽管他有自己的理想，这一切都丝毫没有减弱他那抑郁的情绪。后来他与母亲不合，远离母亲，远离家。

在哲学的道路上，叔本华也是一路坎坷。他的思想和著作不被人认可、赞赏和重视，大量的批评讽刺的言语，接踵而来。柏林大学讲课的失败，再加上他身体状况的恶化，叔本华陷入内外交困的境地。最后叔本华在孤独中，在他那条被称为"世界灵魂"的褐色卷毛狗陪伴下，度过他生命中的最后几天。

叔本华的一生，可谓是痛并快乐着，尽管前方挫折和失败重重，但都没能动摇他坚定的信念。没有动摇他的捍卫自己主张的坚定意志，他没有屈服。他永不停顿，孜孜不倦地继续他的事业、他的理想。同思想上的对手进行不妥协的斗争。这位天才的哲学家是坚毅的战士，是刚直的勇士。他为理想、为正义、为人生而战。

在人生旅途中难免会遇到不如意，这时不要气馁，因为要明白人生本来就是痛苦的，但切忌使自己陷入痛苦的泥沼中。我们应该接受痛，并快乐着。痛苦是你保持清醒头脑的一剂良药，是让你反思的一面镜子，要在痛苦中快乐地追寻你的信念。

"痛并快乐着"并不是一种阿Q精神的再现，它是一种乐观的世界观，是我们对生活的一种良好态度。快乐和痛苦相伴而生，没有一种快乐不是在相伴着巨大的痛苦之后而产生的。我们对一直拥有的东西不会觉得珍贵，但一旦失去后再重新拥有，那份快乐无与伦比。

错过月亮，还有繁星

人生在世，都会在选择之后错过些什么：人、事、职业、婚姻、机遇等，这些都可能与我们擦肩而过。正因为如此，人生才显得匆匆而又匆匆。人生中有无数次选择，如果你错过了太阳，请不要再错过月亮。

每年有不少学子，因志愿填得不妥而与理想的学校、理想的专业失之交臂。最重要的当然是第一志愿了，它似乎凝聚了一个人所有的追求与努力。学医还是学农，学商还是学文，面对单薄的表格，那支笔显得何其沉重。落下去，就是不可悔改的人生。鉴于此，许多人都把宝押在了第一志愿上："非某某校、某某专业不上！"到了第二志愿的填报，也就敷衍了事。我在佩服这些学子的万丈豪情之时，也不能不为他们担心：难道就这样孤注一掷吗？

想起了一句话：毛毛虫想要过河怎么办？答案是变成蝴蝶。在过高考这条河时，如果你变成了一只蝴蝶，当然最好。但是，人生不如意事十有八九，倘若那几张考卷并没有使你长出飞翔的翅膀，你在第一志愿前依然是一条没有羽化的毛毛虫，怎么过河呢？

我理解莘莘学子的心情，那种十年寒窗只为第一志愿而战的心情。但我更理解一个人失落的苦闷与无奈。假设当初像对待第一志愿那样对待第二志愿，那就无疑等于为多雨的青春提前预备了一把美丽的伞。

我觉得谈恋爱的人是另一种形式的"填报志愿"。不能与最最心仪的新娘结合——因为种种原因，没能携手相牵漫步人生之旅，但绝不能因此而拒绝爱情。十步之内，必有芳草。这个比喻，无非是想说明这样一个道理：错过了月亮，不能再错过繁星！

正确地选择第二志愿其实也是一种智慧！谁能保证第一志愿带来的就是精彩，而第二志愿带来的必是无奈？生活不止一次地告诉我们，塞翁失马，焉知非福？更有那"有心栽花花不开，无心插柳柳成荫"的谚语，一次次推开尘封的心扉。一扇门关闭了，同时，另一扇门也会为你打开。生活，永远是公平的。

反过来讲，第二志愿何尝不是对你的决心、毅力、自信、才能的另一种考验？真正的骑手，可以驯服任何一匹烈马。

把志愿分成第一、第二、第三……本身就是一种无奈。一个人难道只有在面对那张表格时，才知道自己的心中原来只藏着一个志愿吗？果真如此，人生该是多么索然寡味。我认为，比志愿更美、更有人性光辉的是"追求"这两个字。与第一志愿擦肩而过可以，但没有追求却绝不可以。

是的，在人生的征途上，我们常常免不了要被第二志愿甚至第三志愿"录取"，这大概是另一种意义上的"生米做成了熟饭"。怎么办？那就对自己说：开饭吧！

有一位朋友，年轻时与一少女相恋多年。那少女活泼、开朗、能歌善舞，是个人见人爱的"黑牡丹"。可是由于阴差阳错，他们分手了，"黑牡丹"远嫁他乡，而那位朋友也早已为人夫、为人父。只是那位朋友觉得自己过得极其"不幸"，他觉得自己的妻子这也不顺眼，那也不遂心，长相不佳、吃相不佳、坐相不佳、睡相不佳，总之，妻子没有一样称他的心、如他的意，与罗曼蒂克的"黑牡丹"简直不能比拟。他的妻子为此常常黯然神伤。后来，妻子索性放开他，准许他去异乡看望他的梦中情人"黑牡丹"。朋友如遇大赦般地去了，在三天两夜的火车上，他设计种种重逢的浪漫，于是，他满怀憧憬地敲开了"黑牡丹"的家门。

开门的是一个腰围大于臀围的黑胖夫人，一见面，就兴趣盎然地对他大讲泡酸菜的经验，因为当时她正在泡酸菜，屋子洋溢着一片繁忙的景象。

这就是令他魂牵梦萦的、朝思暮想的"黑牡丹"？！

朋友回到家后，竟突然发觉妻子面面俱佳，妻子也破涕为笑，从此，两人过得和和美美。

人生注定要错过的，那就让它错过好了，我们不能因此而忽视我们眼前的美丽。否则，错过了太阳，还会错过月亮，并一错再错下去——那就真是大错而特错了。

走了太阳，还有月亮。成功与机遇相随，而机遇却是一个美丽但性情古怪的天使，当它降临时，你稍有不慎，它就会弃你而去，使你与成功无缘。

在错过月亮时，你只是流泪，你将会错过繁星。泰戈尔曾说："当你错过月亮时，你只是流泪，那你也将错过繁星了。"

生命的过程就像一条蜿蜒的河流，既有平缓的粼粼波光，也有湍急的弯道，还有胆战心惊的瀑布。然而，不管在哪种情况下，它都从不停下前进的脚步，总是向着前方流去，在它历经的每一处都表现了自己最美的独特的身影，在匆匆前行的每一瞬间都蕴含了动人心弦的故事。

　　没有一条河流是平稳地流入大海的，瀑布正是在跌落中才展现出自己的伟大力量。人的一生也是这样，只要想成功，就难免有失败与挫折。同时，人也是在与困难和失败斗争的过程中感受到生命的意义。

用心才能悟到幸福的真谛

还记得我们小时候玩过的"万花筒"吗？转动它，里面的图案就会跟着变化，漂亮的玻璃，多彩的碎片，通过玻璃镜子的反射，组合成许多美丽的图案。

幸福就像"万花筒"般绚丽缤纷，不同的人组合不同的心境，构造成众多变幻莫测又多姿多彩的人生。在这些丰富的人生中，每个人心态不一样，感受到的幸福程度就不一样。

幸福就是我们内心真正的需要，只要是心甘情愿去做的，并从中感受到快乐，那就是一种幸福。

从杂志上看过这样一个故事：一位国王总觉得自己不幸福，就派人四处去寻找一个感觉幸福的人，然后将他的外套带回来。

寻找幸福的人碰到人就问："你幸福吗？"回答总是说：不幸福，我没有钱；不幸福，我没有亲人；不幸福，我得不到爱情……就在他们不再抱任何希望时，从一个阳光照耀着的山冈上传来悠扬的歌声，歌声中充满了快乐。他们随着歌声找到了那个"幸福人"，只见他躺在山坡上，沐浴在金色的暖阳下。

"你感到幸福吗？"

"是的，我感到很幸福。"

"你的所有愿望都能实现？你从不为明天发愁吗？"

"是的。你看，阳光温暖极了，风儿和煦极了，我肚子又不饿，口又不渴，天是这么蓝，地是这么阔，我躺在这里，除了你们，没有人来打搅我，我有什么不幸福的呢？"

"你真是个幸福的人。那么请将你的外套送给我们的国王，国王会重赏你的。"

"外套是什么东西？我从来没有过呀。"

正如许许多多感叹自己不幸的人一样，并不是幸福之神从未光临过我们，而是因为我们的心灵挤满了欲望，无法正确认识到自己所有拥有的幸福，无法用心去体会已属于自己的幸福。

所谓幸福，其实是一种观念的东西，是一种心理上的幸福。人之幸福，全在于心之幸福。别人或许可以帮助我们摆脱贫困，可以帮助我们富裕，但无法帮助我们幸福，因为，幸福是我们内心的感受，读懂了自己，才能读懂幸福！

那些总是抱怨自己不幸的人，总爱用狭隘的思想囚禁自己，把眼光总盯在还不曾拥有的东西上；其实，静下心来，放下心灵的负担，仔细品味已拥有的一切，学会欣赏自己的每一份拥有，就不难发现，自己竟会有那么多值得别人羡慕的地方，幸福之神原来一直围绕在我们身旁。

幸福就是如此，坐轿子的人是幸福的，抬轿子的人也未必不幸福，这个世界上，每个人都有自己的位置，每个人也都有自己的追求。有人喜欢烈火般的刺激，有人喜欢清水般的宁静，选择适合自己的生活，得到自己想要的生活，便是真正的幸福。

王安忆说："幸福要用心来读。"了解我们的内心，学会和它对话，看清楚自己幸福的根源在哪里，让我们循着幸福的轨迹去寻找。追求的过程谁又说不是一种幸福呢？当我们可以感受到自己越来越平和的心态，越来越净化的心灵，不再用咄咄逼人来武装自己，只是云淡风轻地从容应对一切时，我们其实就悟到了幸福的真谛。

不要痛不欲生地过完一辈子

有人问过一位快乐的老人："你为何会这样幸福呢？你一定有关于创造幸福的秘诀吧？"

"不，不！"老人回答，"我只是'心安'而已。"

"心安还能选择？"这件事乍听起来，也许单纯得令人不敢相信，但是，林肯也曾这样说过："人们只要心安，他就会拥有幸福。"

一个国王独自到花园里散步，使他万分诧异的是，花园里所有的花草树木都枯萎了，园中一片荒凉。

后来国王了解到，橡树由于没有松树那么高大挺拔，因此轻生厌世死了；松树又因自己不能像葡萄那样结许多果子，也死了；葡萄哀叹自己终日匍匐在架上，不能直立，不能像桃树那样开出美丽可爱的花朵，于是也死了；牵牛花也病倒了，因为它叹息自己没有紫丁香那样芬芳；其余的植物也都垂头丧气，没精打采，只有很细小的心安草在茂盛地生长。

国王问道："小小的心安草啊，别的植物全都枯萎了，为什么你这小草这么勇敢乐观，毫不沮丧呢？"小草回答说："国王啊，我一点也不灰心失望，因为我知道，如果国王您想要一棵橡树，或者一棵松树、一丛葡萄、一株桃树、一株牵牛花、一棵紫丁香等，您就会叫园丁把它们种上，而我知道您希望于我的就是要我安心做小小的心安草。"

《牛津格言》中说："如果我们仅仅想获得幸福，那很容易实现。但，我们希望比别人更幸福，就会感到很难实现，因为我们对于别人幸福的想象总是超过实际情形。"人各有所长，各有所短。我们既不能总是以己之长，比人之短；也不应以己之短，比人之长。生活中的许多烦恼都源于我们盲目地和别人攀比，而忘了享受自己的生活。

圣严法师说："幸福就是一种心安的感觉！不焦躁、不贪婪、不愤怒就会心安，就是幸福。"郑板桥有云："心安是福。"何谓心安？心灵安宁之谓也。无愧于天地，无羞于人世，无怨无悔，无仇无恨，无非分之想，无难消之痛，如大山之蠹，风雨不动，如深潭之静，波澜不惊。

现代人生活在经济社会，容易造成因追求过高的物质享受而忽略精神生活的陶冶。人们在追求物质享受的时候，往往陷入盲目的攀比之中。不管自身的经济条件如何，看见人家有了液晶电视，自己就想买一台；液晶电视刚搬进家，别人又买了小轿车；待他千方百计，费尽心力买了小轿车；人家又搬进了别墅洋楼，他又开始忙忙……这种攀比之心搞得人比不胜比、赶不胜赶、身心疲惫、痛苦万分。我的一位朋友的妻子，每到别人家串一次门，回家就一肚子气。原因是人家总比自家好，自家总不如人家。后来闹得我的这位朋友到了再不敢让她串门的地步。

实际上，盲目攀比的人，当他每一次的攀比达到目的之后，他并不感到快活，那种患得患失的心理反而会把他推向更加痛苦的深渊。正如有人所云，因为人迷失了自己，失去了自我，生活对他来说，就只能是一种负担，而不是快乐与享受；是一种无奈的苦闷，而不是喜悦和充实。

有盲目攀比之心的人，如果能静下心来好好想一想，一个很简单的道理就在你的眼下：人一生下来，就千差万别。个子有高有矮；容貌有美有丑；智商有高有低；家境有穷有富……在生活中，就形成了人自身的环境和个人的条件各自不同的情况。所以，人不能超越自身所处的环境和条件而毫无限制地攀比。那他无疑将会跌进无限的烦恼之中，而烦恼的结果是自己感到活得累、活得苦，生活缺少乐趣，到头来未老先衰，痛不欲生地活了这么一辈子，多么不值得啊！